PEUT-ON S'EN DOUTER?

OU

HISTOIRE VERITABLE

DE

DEUX FAMILLES DE NORWICH.

C'est précisément ainsi, reprit l'autre, que je
prétends les obtenir . Pag . 240 .

Miebach Del .   Mariage Sc .

PEUT-ON S'EN DOUTER?

O U

HISTOIRE VÉRITABLE

D E

DEUX FAMILLES DE NORWICH.

Par CHARLOTTE BOURNON-MALARME,
de l'Académie des Arcades de Rome.

TOME SECOND.

Le châtiment des coupables, pour être
retardé, n'en est pas moins terrible.

A PARIS,

Chez Madame MASSON, éditeur et libraire, rue de
l'Echelle, n°. 558, au coin de celle Honoré.

A N X. — 1802.

PEUT-ON S'EN DOUTER?

OU

HISTOIRE VERITABLE

DE

DEUX FAMILLES DE NORWICH.

———————

CHAPITRE XXV.

LE procès de Mylord n'avançoit pas, les recherches se continuoient sans succès, cependant, les esprits commençoient à pencher vers l'incertitude. On admettoit la possibilité que Mylord ne fût pas le coupable, mais, il falloit le trouver, et, jusqu'alors, on s'y étoit employé vainement. Le vieillard dénonciateur avoit subi plusieurs interrogatoires, et ses réponses étoient toujours les mêmes. Une autre circonstance contribuoit à donner de l'espoir à la famille Milborn; la compagnie dans laquelle servoit M. Bradfort, et les six musiciens avoient quitté Brow...., il ne restoit donc personne intéressée à poursuivre cette affaire.

Un matin un bruit terrible se répand dans Hawfield ; on assure que mylord Milborn s'est sauvé de la prison après avoir assassiné le concierge. Personne ne peut, n'y ne veut le croire. A la veille de sortir innocenté d'un crime, comment se persuader qu'un homme soit assez insensé pour fuir en se chargeant d'un nouveau meurtre ? On court à la geole, cent individus y arrivent en même-tems, et tous reçoivent la confirmation de ce crime affreux. Un des guichetiers, en montant chez le prisonnier à sept heures du matin, comme c'étoit sa coutume, trouva sa porte ouverte, et le corps du concierge percé de plusieurs coups de couteau étendu sur le lit sans vie ; il paroissoit que Mylord lui avoit donné la mort pour s'emparer des clefs, puisqu'on n'en trouva pas une dans ses poches. Henriette qui habitoit un petit cabinet à côté de la chambre de son pere avoit aussi disparu.

Cette funeste nouvelle fut bientôt sue à Milborn-Hall, et jetta la consternation et le désespoir dans tous les cœurs. Mylady avoit vu la veille son mari. Jamais, depuis sa captivité, il ne lui avoit paru si calme : comment se persuader qu'il méditoit, alors, une fuite qui rendroit son affaire plus mauvaise, et porteroit la douleur dans l'ame de ses amis? cependant, le fait étoit constant. Hélas! il ne restoit pas à la malheureuse famille, même la ressource du plus léger doute. C'est alors, que tout le monde, grands et petits, eurent le droit de penser et de dire que Mylord étoit le dernier des scélérats. L'horreur qu'il inspiroit s'étendit sur tout ce qui lui appartenoit. Quand un domestique de Milborn-Hall se présentoit au marché, on lui jettoit avec mépris ce qu'il vouloit acheter, et l'argent qu'il donnoit en échange étoit soigneusement lavé en sa présence. Le fidele Emery, et la bonne Diana supportoient courageusement toutes ces mortifications, persuadés, malgré les fortes apparences, de l'innocence de leur maître, ils s'étoient dévoués à son infortunée famille.

Monsieur et mistress Growell prouvèrent encore dans cette occasion, à Mylady, que leur amitié étoit inaltérable. Sachant qu'ils continuoient à voir la famille du coupable, toutes les portes leur furent fermées, et ils s'en consolèrent, en se livrant plus que jamais à la société de Milborn-Hall.

Il arriva ce qu'il étoit bien naturel de prévoir, le second meurtre parut être la certitude que le premier avoit été commis par Mylord. Sa fuite, d'ailleurs, certifioit sa culpabilité. Le procès se continua avec activité, un jugement terrible en fut bientôt la suite. Il portoit que Mylord seroit exécuté en effigie, et tous ses biens confisqués; que le vieillard seroit mis en liberté, et qu'il lui seroit accordé, sur lesdits biens du condamné, une somme de cinq cents livres sterlings, comme dédommagement et réparation; l'arrêt fut ponctuellement exécuté.

Il falloit une force surnaturelle pour résister à ce dernier assaut, aussi mylady y succomba-t-elle. Une fièvre ardente s'en empara, et la conduisit aux portes du tombeau. Aucun médecin des environs ne voulut venir la traiter; le seul chirurgien, qui avoit donné ses soins à Mylord et à ses enfans, ne refusa pas de se transporter à Milborn-Hall; malade lui-même, il ne put diriger la malade au début; cependant, il arriva à tems pour l'arracher des bras de la mort.

Il y avoit quinze jours que le terrible arrêt avoit été prononcé; Mylady alloit un peu mieux, quand on fit signifier, aux habitans de Milborn-Hall, qu'ils eussent à évacuer les lieux sous deux jours. L'ordre étoit positif, il fallut s'y soumettre. M. Growell proposa à son amie de venir avec sa famille, occuper Sumptuous-Castle, mais Mylady avoit trop de délicatesse pour accepter une offre qui pourroit causer des désagrémens à ses amis. Quoique le bien de son mari fut confisqué en totalité, il lui en restoit assez de son côté, pour exister dans la médiocrité. Certes, elle avoit trop de sujets réels de douleur pour que la perte des trois quarts de sa fortune pût causer en elle une sensation désagréable. Alfred et Ancelina ne songeoient pas davantage à regretter une opulence qui avoit été accompagnée de peines si poignantes.

A dix milles de Hawfield, il y avoit une petite maison à louer; le chirurgien, qui en parla à Mylady, voulut bien se charger des arrangemens avec le propriétaire; l'affaire fut terminée le lendemain, et la famille Milborn quitta

le château assez tôt pour ne pas y voir
arriver les suppôts de la justice.

La nouvelle habitation de la malheu-
heureuse famille se nommoit Pervious-
House. C'étoit une demeure propre,
simple, et de tout point conforme à la
situation des personnes qui s'y établis-
soient. La distance de Pervious-House
à Sumptuous-Castle, étant plus considérable que celle de Milborn-Hall, eut été
une excellente excuse à des amis moins
chauds que M. et mistress Growell,
pour visiter plus rarement Mylady;
mais comme ils étoient loin de ressembler aux autres, la différence de cinq
ou six milles ne leur parut seulement
pas digne de la plus légere attention ;
ce seroit, disoient-ils, l'affaire de leurs
chevaux, et comme ils en avoient grand
nombre dans l'écurie, qui ne remplis-
soient d'autre tâche que celle de boire,
de manger et de se promener, ils
étoient certains de faire le trajet de

Pervious-House promptement et sans embarras.

Quatre jours après que la famille Milborn fut fixée à Pervious-House, Alfred en partit pour aller à la découverte de son pere et de sa sœur. Il ne voulut emporter que la bénédiction de sa mere, et les bons souhaits d'Ance-lina; le peu qui restoit à sa famille ne pouvoit, ne devoit être disséminé. M. Growell, qui fut instruit de son projet, voulut lui faire accepter au moins une foible somme de cent gui-nées; mais Alfred avoit trop d'honneur pour recevoir, comme prêt, un argent qu'il se savoit dans l'impossibilité de pouvoir jamais rendre, et il étoit trop fier pour consentir à recevoir, à titre de don, ce dont il pouvoit se passer. Sa mere l'engagea vainement à prendre un cheval, il s'y refusa absolument, ce fut donc à pied, vêtu avec la plus grande simplicité, et n'ayant dans sa poche que dix guinées, qu'Alfred se

mit en voyage sans aucun but déter-
miné, et ne prévoyant ni quand, ni
même si jamais il reverroit son infortunée famille. Son seul et ferme projet
étoit de ne cesser ses recherches qu'a-
près avoir retrouvé Mylord et Henriette; leur fuite excitoit, dans son esprit troublé, les idées les plus extraor-
dinaires et les plus inquiétantes; son
cœur et sa tête étoient en souffrance.
Souvent il avoit conçu des soupçons,
souvent aussi il croyoit sentir que sa
raison se troubloit, il falloit faire cesser
ce cruel état d'incertitude et d'anxiété,
ou mourir.

Voilà donc ces Milborn, naguere la
famille la plus nombreuse, la plus
brillante, et la plus heureuse, réduits à
deux individus, Mylady et Ancelina.
Tous les autres étoient errants, sans
asyle, sans patrie et sans ressources...
Comment dans l'état peu aisé où se
trouvoit Mylady, comment, dis-je,
pourroit-elle envoyer des secours à

Godwin? Et ces deux imprudens époux
seroient donc exposés à périr de besoin! affreuse, déchirante idée pour
une mere.

Ce fut à cette désastreuse époque que
la lettre détaillée, que Clara avoit
écrite à Ancelina, fut apportée à Pervious-House, le portier impotent étoit
resté à Milborn-Hall, et faisoit tenir
exactement à Mylady, tout ce qui lui
étoit adressé au château.

Quel nouveau surcroît de douleur
pour miss Milborn et sa mere, d'apprendre que non-seulement Godwin
et sa femme éprouvoient toutes les hor-
reurs inséparables de la pauvreté, mais
qu'en outre le jeune Milborn languis-
soit dans une captivité dont on ne pouvoit prévoir la fin, puisque Clara mandoit qu'il étoit écroué pour quinze
cents livres sterlings, somme devenue
exhorbitante pour toute la famille. L'a-
mour maternel donna à Mylady le courage de faire une démarche qui lui

coûta beaucoup. Ce fut de parler à
M. et mistress Growell du malheur de
leurs enfans, et de tâcher de les dé-
cider à venir à leur secours. Hélas !
toutes ses instances n'eurent aucun succès. Le pere et la mere de Clara répé-
terent, avec d'horribles imprécations,
le serment de ne leur donner de la vie
un penny (1), dût cette misérable pièce
de monnoie, sauver les jours à tous
les deux ; que pouvoit dire Mylady à
une déclaration si formelle, gémir sur
le sort des victimes d'une aussi funeste
détermination ; la pauvre mere pleuroit
en racontant son insuccès à sa fille.

Emery fut chargé d'aller vendre, dans
la ville la plus considérable du canton,
quelques bijoux de prix qui restoient
à Mylady ; l'honnête serviteur rappor-
tant cinq cents guinées, cette somme
fut envoyée sur-le-champ à Clara. Ancelina lui mandoit comment sa mere

(1) Sou.

s'étoit procuré cet argent, avec lequel, peut-être, il seroit possible de racheter la liberté de son frere, sur-tout si tous ses créanciers étoient aussi monstrueusement usuriers que celui dont elle lui parloit dans sa lettre, qui lui avoit fait faire un effet de cent guinées pour dix-huit effectives qu'il lui avoit prêtées. Ancelina avouoit que le rapport d'Evan n'étoit que trop véritable; mais elle ne parloit en aucune maniere du jugement, de la condamnation, etc.... Elle reconnoissoit le caractere barbare d'Evan, dans sa conduite avec une sœur plus malheureuse encore que coupable, et elle engageoit Clara à ne pas recevoir son frere chez elle, et à tâcher de l'éviter par-tout ailleurs. Elle s'abstint de l'instruire que ses parens persistoient dans la haine qu'ils lui avoient jurée, ainsi qu'à son époux, et elle finissoit par lui renouveler l'assurance du plus sincere attachement, et de la plus tendre amitié.

Comme Clara, dans sa lettre, avoit, en quelque façon, atténué les torts de Godwin, ou pour mieux m'exprimer, qu'elle n'avoit mentionné que ceux que les circonstances rendoient excusables, Ancelina croyoit que son frere continuoit à être pour sa femme un tendre et bon mari. Quelle eut été son affliction et celle de Mylady, si elles eussent su combien la conduite de Godwin étoit coupable, considérée sous tous les rapports. Leur ignorance, à ce sujet, leur sauva de grands et douloureux chagrins.

CHAPITRE XXVI.

CLARA, suivant l'intention de son époux, ne retourna à Newgate que le surlendemain. Godwin la reçut fort bien, il étoit de la plus grande gaîté ; il caressa plusieurs fois son enfant, et

donna deux ou trois baisers à la mere.
— Vous êtes une douce créature, ma
Clara, lui dit-il en la fixant tendrement,
je vous ai causé bien des peines, et votre
cœur n'en a jamais conservé de rancune;
vous ne sauriez croire, mon amour,
continua-t-il en se levant, et se promenant par la chambre, combien ces quarante-cinq guinées m'ont été utiles. On
me regarde ici comme un Crésus, et
chacun m'offre des crédits.— N'en usez
pas, mon ami, dit précipitamment
Clara, car, vous ne pourriez désormais
les payer. — Voilà ce dont je voulois
vous entretenir, reprit Godwin, il faut
tâcher, ma bonne amie, de renouveller
cette somme tous les mois.— Juste ciel!
Comment pouvez-vous espérer une pareille chose? Et ne savez-vous pas que
nous sommes sans ressources? — Pas
tout-à-fait, puisque vous avez trouvé
celle-là. — Et pensez-vous que votre
sœur Ancelina, veuille ou puisse faire
une dépense aussi considérable?— C'est

donc Ancelina qui nous a envoyé les cinquante guinées? — Oui, mon ami, quel autre eut eu cette délicate attention? Godwin eut l'air de réfléchir, puis se rapprochant de sa femme, il lui prit la main. — Sûrement, ma Clara n'a pas dépensé les cinq guinées que je lui ai laissées. — Pas en entier, pourquoi? — Vous me feriez réellement plaisir de m'en rendre deux, en honneur je suis sans un scheling. — Grand Dieu! Godwin, et qu'avez-vous donc fait de la somme? — On diroit à vous entendre qu'il s'agit de plusieurs milliers de livres. (sterlings) Que sont, je vous prie, quarante-cinq misérables guinées? une bagatelle. — Mon cher Godwin, vous perdez la tête; les gens que vous hantez vous gâtent l'esprit. — Allons, encore un sermon, je vous l'ai deja dit, Clara, je n'aime ni les remontrances, ni les avis, si vous avez ce que je vous demande, je vous ordonne de me le donner. — Le voila, dit Clara en tirant deux guinées

de sa poche , c'est l'existence pour plusieurs jours de votre femme et de votre
fils.— Malédiction sur une progéniture
qui ne peut que m'être à charge! —
Godwin, cruel Godwin, vous maudis-
sez votre enfant, et Clara pleura à chau-
des larmes. — Vous savez, mistress Milborn , que vos pleurs, loin de m'atten-
drir, excitent ma colere et mon indignation , tâchez de me les éviter désormais : voici l'heure où mes amis ont coutume de se rendre ici, votre vue , dans
l'état où vous êtes, exciteroit des plaisan-
teries désagréables pour vous et morti-
fiantes pour moi; ainsi, si vous m'en
croyez, vous vous retirerez avant leur
arrivée. Il sera suffisant à l'avenir de
venir me voir tous les deux jours. Des
courses plus fréquentes pourroient vous
fatiguer. — Je ferai ce que vous desirez,
reprit Clara , en se levant; Godwin
l'embrassa, et lui dit, adieu. — Quoi!
pas une caresse au pauvre petit God-

win ? — Je l'oubliois, adieu petit, adieu Clara.

Infortunée mistress Milborn à quel cœur tu as sacrifié ta fortune et ton état ! que n'es-tu devenue l'épouse du jeune et vertueux Modbury ! Ton bonheur eut été la récompense de ta soumission à la volonté de tes parens ; tu serois aimée de ta famille, heureuse dans ton ménage, le pere de tes enfans béniroit ta fécondité, au lieu de la maudire, et tout le monde t'estimeroit. Les meres te citeroient à leurs filles comme un modèle d'obéissance et de respect filial, tes jours s'écouleroient dans l'abondance et la félicité, oh ! Jeunes gens, ne vous corrigerez-vous pas de suivre votre imprudente volonté, et tant de déplorables exemples ne vous serviront-ils point de leçon !

Godwin avoit, même avant la perte de sa liberté, contracté la funeste habitude de l'intempérance. Depuis qu'il étoit en prison, il ne passoit pas un

jour sans s'enivrer, au point de perdre
entierement la raison. Clara, qui ne le
voyoit que le matin, le trouvoit toujours
de sang-froid, et ne soupçonnoit pas
que le reste du jour étoit consacré à des
orgies du genre le plus dégoûtant. Les
amis, les connoissances du jeune Milborn
étoient l'écume de la société qui compose
le tout des grandes villes.

Le vin souvent donne à celui qui en
fait usage jusqu'à l'excès une dose de
gaîté et d'amabilité de plus qu'il n'en
possede dans la sobriété. Chez Godwin
il faisoit un effet opposé : dès que la liqueur lui montoit à la tête il devenoit
brusque, querelleur et méchant. Le lendemain de la derniere visite de Clara,
dans un de ses momens d'abrutissement,
il prit dispute avec un jeune homme
ami d'un prisonnier, et, suivant sa coutume, il invectiva l'étranger. Celui-ci ri-
posta par des vérités terribles, telles que
de reprocher à Godwin d'être le fils
d'un assassin qui avoit déjà, et provi-

soirement subi en effigie le juste châtiment de ses crimes. Milborn ignoroit absolument les malheurs arrivés à sa famille ; Clara ne lui avoit parlé, ni de la
rencontre d'Evan , ni de l'abominable
récit qu'il lui avoit fait. D'abord elle le
croyoit faux , et eût-elle pensé qu'il fût
véritable, elle aimoit trop son mari pour
lui apprendre une aussi funeste nouvelle. Qu'on juge donc de l'effet que dut
produire l'apostrophe de l'étranger. —
Scélérat , lui cria Godwin , tu es un infâme menteur, sais-tu qui je suis pour
oser m'assimiler aux brigands de ton
espèce ? — Vous êtes Godwin Milborn,
fils de Mylord de ce nom , répondit
tranquillement le jeune homme, et je le
répète, votre pere est un monstre autant
déshonoré par ses crimes que par son
supplice. A cette récidive, Godwin saisit son assiette, et la lança d'une main
vacillante à la tête de son antagoniste.
Celui-ci para facilement le coup dirigé
par un homme à moitié yvre, s'empara

d'une bouteille de vin et la jetta à son
tour à Godwin qui la reçut au milieu du
front, qu'elle fractura. En une minute
il fut couvert de sang, le coup étoit affreux, Godwin s'évanouit, le jeune
homme s'esquiva, et fit prudemment,
car, la blessure fut jugée mortelle par
un chirurgien qu'on fit venir à l'instant,
cependant on le pansa. Après l'opération, l'homme de l'art le rendit à la
vie, mais nullement à la raison. Les
membranes du cerveau ayant sans
doute été offensées, il en résulta un
effroyable délire. Les faux amis du
malheureux Godwin se réunirent pour
rejetter le blâme uniquement sur lui
seul, disant qu'il avoit provoqué l'em-
portement auquel l'étranger s'étoit li-
vré. Les guichetiers furent vainement
aux enquêtes pour savoir le nom du
jeune homme. Tout le monde assura ne
le pas connoître, même celui qu'il
nommoit son ami, au commencement
du dîner, soutint, comme les autres;

que

que c'étoit la premiere fois qu'il le voyoit.

Le danger s'accrut tellement pendant la nuit, que l'on pensa, le lendemain matin, qu'il étoit urgent d'envoyer avertir mistress Milborn. Clara accourut, et trouva son mari à l'agonie. Elle n'en fut point reconnue, et il rendit le dernier soupir dans ses bras, sans avoir prononcé un mot dépuis l'horrible accident. Le lecteur sensible peut se faire une idée de l'effroyable état où cette cruelle mort jetta mistress Milborn. On la porta dans une voiture, qui la ramena chez elle, sans qu'elle donnât le plus léger signe d'existence. Miss Wilson la reçut avec l'anxiété d'une mere. Le cocher, qui venoit de conduire Clara, avoit appris, à la porte de la prison, la perte que la jeune dame avoit faite, ainsi que les particularités du malheur arrivé à son époux. Il raconta le tout à la servante de miss Wilson, qui se hâta de l'apprendre à sa maîtresse, occupée

Tome II.   2

à déshabiller sa locataire ; miss Wilson sentit doubler l'intérêt que lui avoit toujours inspiré Clara, et elle jura, dans son cœur, de ne pas l'abandonner, tant que ses secours lui seroient nécessaires.

Mistress Milborn respiroit, ses yeux étoient ouverts, et pourtant elle ne voyoit ni n'entendoit, elle ressembloit à un automate. Sa figure offroit l'image de la plus stupide insensibilité. Miss Wilson étoit au désespoir de l'inconcevable situation de Clara. — Mon dieu ! disoit cette bonne fille, permettez qu'elle verse des larmes, cela seul peut la sauver. En ce moment, le petit Godwin se réveilla, et demanda sa nourriture à la manière des enfans, c'est-à-dire, en poussant des cris. Miss Wilson courut vers lui, et le prit dans ses bras, pour l'appaiser ; tout-à-coup il lui vint à la pensée que la vue du petit pourroit émouvoir le cœur de sa mere ; elle le posa doucement sur les genoux de Clara,

qui n'eut en aucune manière l'air de l'appercevoir. Il continuoit à crier : miss
Wilson délaça mistress Milborn, et aida
l'enfant à trouver le sein de sa maman.
La nature alors reprit tous ses droits ;
Clara reconnut son fils , et se rappella
la mort affreuse de son époux. C'en
étoit trop, la digue se brisa avec impétuosité, elle pleura, sanglotta, et exhala sa juste douleur par des plaintes dé-
chirantes. Miss Wilson partagea son
chagrin, et ne lui offrit, pour le moment , aucun sujet de consolation.
Qu'auroit-elle pu lui dire qu'elle fût en
état d'entendre? Les grandes peines ne
peuvent diminuer qu'avec le secours du
tems. Je ne vois rien de plus mal-adroit
que ces gens gauchement officieux,
qui , à la minute , prétendent vous
prouver que c'est à tort que vous vous
livrez au désespoir, puisque le mal est
arrivé; qu'ainsi, le plus sage est de
prendre son parti, qu'il faut, d'ailleurs,
considérer, dans cette vie, les plus fu-

nestes événemens avec les yeux d'un
philosophe (1).

Clara ne pouvoit s'accoutumer à
l'idée qu'elle ne verroit plus son bien-
aimé Godwin, que l'homme, à qui elle

(1) Ce mot, dans son acception actuelle, veut
dire un être qui n'a ni ame, ni sensibilité.
Voyant, il y a quelques jours, une dame rire et
jouer dans son jardin, j'en témoignai ma surprise, je pourrois dire mon indignation à un ha-
bitué de la maison. — Comment, lui dis-je,
Madame ***. peut-elle se livrer à la gaîté le lendemain de la mort de son mari. — Bon, me répondit la personne que j'interrogeois, c'est
qu'elle est *philosophe.* Autre trait de philosophie,
madame G.... venoit de perdre sa mere, je
l'apprends le surlendemain, et le même jour je
vais chez elle pour mêler mes larmes aux siennes (sa mere étoit mon intime amie), j'allois
entrer, le portier m'arrête. — Vous ne pouvez
voir Madame, me dit-il, il n'y a pas trois heures
qu'elle s'est couchée, (il étoit onze heures du
matin). — Pauvre femme ! elle a pleuré toute
la nuit. — Je ne le crois pas, me répondit ingé-
nument cet homme, car elle l'a passée au bal de
l'Opéra. — Juste ciel ! — Oh ! dit encore le portier, c'est que Madame est *philosophe.*

avoit tout sacrifié pour lui prouver sa
tendresse lui étoit ravi pour toujours.
Cependant la constance , le zéle et l'amitié de miss Wilson , et la vue de son fils
rappelerent dans son cœur , sinon le
calme , du moins assez de raison pour
supporter avec résignation le poids
énorme de ses calamités. Elle crut qu'il
étoit de son devoir d'écrire à son pere.
Miss Wilson , qu'elle avoit consultée,
le lui conseilla. — C'est une démarche
que vous faites encore plus pour votre
enfant que pour vous-même , lui dit sa
bonne hôtesse, car je déclare que je
suis décidée , tant que vous serez malheureuse , à partager avec vous mon
petit revenu. Mistress Milborn fut sensible jusquaux larmes à cette nouvelle
preuve d'attachement de son amie. —
Chere et respectable miss Wilson , lui
dit-elle en se jettant dans ses bras, j'ac-
cepte de toute mon âme une proposition
qui me met à même de ne jamais vous
quitter. Je desire que mes parens con-

sentent à faire à leur petit-fils une légère pension , afin que votre charge soit moins considérable; mais , s'ils la refusent, je me réfugierai dans votre sein; vous disposerez de moi comme il vous plaira , je jure de vous aimer , de vous respecter toujours à l'égale d'une mere et d'une sœur.

La lettre pour monsieur Growell contenoit le détail de la fin terrible de Godwin. Clara supplioit son pere et sa mere, s'ils ne vouloient pas la recevoir, (ce dont elle étoit certaine) de ne pas refuser de tendre une main secourable à leur petit-fils , âgé de trois mois.

La réponse se fit peu attendre. M. Growell débutoit par des malédictions sur elle et son fils , il lui défendoit de se présenter à ses yeux, protestant qu'elle ne recevroit jamais de lui et de sa mere le plus foible secours; il consentoit à se charger de son enfant , à condition qu'elle ne le reclameroit de sa vie, et qu'elle oublieroit jusqu'à son

existence : à ce prix il se décidoit à
le prendre, le faire élever, et lui assurer un sort. Il ne vouloit plus recevoir
qu'une lettre d'elle, dans laquelle elle
refuseroit ou accepteroit ses proposi-
tions, et que dans le dernier cas, il
enverroit une nourrice à Londres pour
prendre et ramener le petit.

A la réception de cette lettre, Clara
se récria sur la barbarie de son pere,
et, serrant fortement son enfant contre
son sein, comme si elle eut craint qu'on
ne le lui enlevât : — Non, non, jamais,
je ne céderai un bien qui m'est si pré-
cieux. Miss Wilson, qui étoit présente,
lui demanda si quelqu'un vouloit se
charger de son fils. — Mon pere, ma
bonne amie, est assez cruel pour....
Mais, tenez, lisez sa lettre, Miss Wilson
fut révoltée de la dureté de M. Growell,
et desira savoir quelle étoit l'intention
de Clara. — De conserver mon enfant ;
hélas ! Sans lui pourrois-je, voudrois-je
supporter la vie. Miss Wilson l'embrassa.

—Bonne mere , le ciel vous bénira , mandez vîte à votre pere que vous ne pouvez consentir à vous séparer de votre fils ; ajontez que vous avez trouvé une amie , peu riche à la vérité , mais dont la succession mettra le petit Godwin Milborn dans le cas de n'être à charge à personne de sa famille. La lettre partit le jour même. Le lendemain , celle d'Ancelina arriva. Combien la lecture lui fit verser des larmes. Il étoit donc vrai qu'on accusoit Mylord d'un crime épouvantable ; elle n'en pouvoit plus douter ; ainsi le rapport d'Evan n'étoit pas une calomnie. Personne n'ayant été assez barbare à la prison pour instruire Clara du sujet de la querelle qui avoit été la cause de la mort de Godwin , elle pensoit toujours que son frere lui en avoit imposé ; mais , le rapport d'Ancelina ne pouvoit admettre la plus légère incertitude. Il paroissoit que cette terrible affaire avoit absorbé toute la fortune de son beau-pere. Quelle reconnaissance ne

devait-elle pas à Mylady pour les sacrifices qu'elle avoit faits afin de pouvoir
tirer son époux de prison, mais aujour-
d'hui que l'infortuné étoit au tombeau,
devoit-elle, pouvoit-elle accepter une
somme aussi forte, et qui seroit utile à
Mylord ? Clara fut trouver son amie,
pour qui elle n'avoit rien de caché, elle
lui montra la lettre d'Ancelina, et lui
demanda des conseils pour la maniere
dont elle devoit se conduire, relativement au cinq cens guinées. — Puisque
vous me consultez, ma chere Clara, je
vais vous dire mon avis. L'infortune
accable, à ce qu'il paroît, la famille de
votre époux, vous prouveriez peu de
délicatesse en gardant la totalité de la
somme, n'étant plus dans le cas d'en
faire l'emploi qui vous est désigné, ren-
voyez quatre cent cinquante guinées,
gardez-en cinquante ; en les joignant à
ce qui vous reste du premier envoi de
votre amie, et à cent autres que j'ai là
dans mon secrétaire, nous pourrons aller

* *

nous établir à la campagne, car, il faut
quitter Londres, et, surtout, que votre
frere ne sache pas où nous serons. Je
vous en demande pardon, Clara, mais
M. Evan me déplait souverainement.
Il a une figure, un regard, des façons;
enfin tout cela ne prévient pas en sa
faveur. Je vous dirai, en outre, que
depuis plusieurs jours, Deborah le voit
souvent passer devant notre porte et
fixer les fenêtres avec des yeux terribles.
— Peut-être, dit Clara d'un air effrayé,
guette-t-il l'occasion de m'enlever mon
fils? — Je ne sais quelles peuvent être
ses intentions, mais je ne les présume
pas bonnes. — Partons, vous avez bien
raison, mon amie, il faut quitter cette
funeste ville; j'y ai déja tant souffert.

Miss Wilson envoya chercher son frere
qu'elle chargea de recevoir les loyers de sa
maison, et de veiller à ce qu'on ne lui fît
aucun tort en son absence; ensuite les
deux dames procéderent aux prépara-
tifs de leur départ. Une chaise de poste

fut commandée pour minuit. Voulant
éviter d'être suivies, elles voulurent
quitter Londres de nuit. Pendant l'intervalle du tems Clara écrivit à Ancelina, et mit dans sa lettre quatre cent
cinquante guinées, assurant son amie
et Mylady que ce qu'elle gardoit lui suf-
fisoit, elle racontoit l'événement affreux
qui l'avoit privé de son bien-aimé, faisoit part de son prompt départ, et des
raisons qui le lui faisoient tenir secret.
Elle ne cachoit pas non plus à Ancelina
la démarche qu'elle avoit faite vis-à-vis
de son pere, et lui copioit sa réponse ;
ensuite elle s'étendoit sur le bonheur
qu'elle avoit eu de trouver dans Miss
Wilson une tendre et véritable amie ;
enfin, elle promettoit de donner de ses
nouvelles du moment qu'elle et Miss
Wilson seroient fixées tout-à-fait.

CHAPITRE XXVII.

Le lecteur voudra bien rétrograder quelques chapitres, et revenir au commencement du vingt-cinquieme , à l'instant où on s'apperçut de la disparition de Mylord Milborn et de sa fille Henriette , de la prison de Hawfield. Le cadavre du concierge, percé de coups, et trouvé dans sa chambre , sembloit être la conviction que Mylord avoit sacrifié la vie de cet homme, pour se procurer la liberté; le jugement qui le condamnoit à la mort, fut généralement approuvé , et il fut, comme je l'ai dit, exécuté en effigie. Ah! juges, que votre tâche doit vous paroître pénible à remplir, quand un innocent devient la victime des preuves apparentes d'un crime qu'il n'a pas commis! Sans doute votre conscience ne vous reproche rien, vous n'avez été

que l'organe de la loi ; mais votre bouche
a prononcé la sentence de mort d'un
homme d'honneur ; votre cœur saigne,
gémit ; le jour et la nuit vous êtes tour-
mentés , plus de repos , plus de sommeil pour vous : je le répete, oh ! juges !
que votre tâche est pénible à remplir.

Mylady avoit passé une partie de la
journée à la prison de Hawfield , et
avoit laissé son mari , sinon heureux ,
du moins calme et patient. Mylord , à
dix heures du soir , baisa Henriette au
front , et lui souhaita une bonne nuit,
en la conduisant à son cabinet , dont la
porte donnoit dans la chambre de son
pere ; ils étoient couchés tous deux , et
dormoient profondément , quand le
bruit de la serrure et des verroux qu'on
ouvroit , réveilla Mylord. Il ne fut pas
médiocrement surpris de voir entrer le
concierge tenant à la main une lumière;
il étoit suivi de deux hommes, dont la
figure étoit couverte d'un crêpe noir,
le prisonnier frémit. — Levez-vous,

lui dit le concierge, nous allons vous
sauver la vie et l'honneur. Demain vous
devez être jugé et condamné. — Je ne
fuirai pas, répondit Mylord, en recou-
vrant toute sa fermeté ; le coupable
seul cherche à s'échapper, l'innocent
doit tout espérer de la bonté de sa
cause, et de la justice des juges. J'at-
tendrai, sans crainte et sans effroi, ce
qui sera prononcé sur mon compte. Les
trois hommes parurent interdits, ils se
regardoient d'un air d'étonnement.
Après un instant qu'ils employèrent à
réfléchir, un des inconnus se jetta sur
le prisonnier, couvrit sa bouche d'un
mouchoir, l'entortilla de ses draps, et,
aidé de son compagnon, ils le por-
terent dans une voiture, qui attendoit
à dix pas de la prison. Un de ces scélérats resta pour le contenir, tandis que
l'autre rentra dans la prison avec le
concierge. Pour éviter les longueurs,
ils userent du même moyen pour enlever Henriette. Comme on lui avoit

fermé la bouche et les yeux, elle ne put
ni voir, ni parler. Elle sentit seulement
qu'on l'emportoit. Bientôt elle fut placée dans la voiture, à côté de son pere;
l'un des ravisseurs dit au concierge, au
moment qu'il alloit monter aussi dans
le carrosse, car il fuyoit avec ses complices, qu'il avoit oublié de prendre le
porte-feuille de Mylord, dans lequel il
pourroit peut-être se trouver des papiers dans le cas de les compromettre.
Comme la lanterne brûloit encore, le
concierge passa devant pour éclairer;
à peine furent-ils l'un et l'autre dans la
chambre du prisonnier, que l'inconnu
porta un coup de couteau dans la poitrine du concierge, qui tomba en poussant un foible cri. Son perfide compagnon plongea son instrument meurtrier, à plusieurs reprises, dans le corps
gissant à ses pieds. Dès qu'il fut certain
qu'il n'existoit plus, il le porta sur le lit
de Mylord, puis chercha si le prisonnier n'avoit ni bijoux, ni papiers, ni

argent. Il trouva une montre très-
simple, quatre guinées, et quelques
lettres de sa femme et de ses enfans.
Après avoir tout serré dans ses poches,
il sortit de la chambre et de la prison,
ayant eu soin de prendre le paquet de
clefs dans la poche du concierge il put
fermer la grosse porte après lui, et fut
rejoindre la voiture; aussitôt qu'il y fut
placé, elle partit avec une incroyable
célérité. Quand ils eurent marché en-
viron deux heures, les brigands ôterent
au perc et à la fille les mouchoirs qui
les empêchoient de respirer; la lune
éclairoit, et Mylord put voir que ses ravisseurs étoient armés. Celui qui paroissoit commander à l'autre montra deux
pistolets aux prisonniers. — Le premier
qui bouge, ou qui parle, je lui fais sau-
ter la cervelle, dit-il d'une voix terrible,
certes, l'injonction étoit bien inutile,
Mylord n'étoit pas assez insensé pour
vouloir lutter de force contre deux
hommes vigoureux, surtout, n'ayant

pour tout vêtement qu'un drap qui l'entouroit, et Henriette tremblante n'avoit ni le pouvoir, ni la volonté d'exprimer aucun des sentimens pénibles qu'elle éprouvoit.

Ce triste et cruel voyage se continua dans le plus morne silence jusqu'à six heures à-peu-près du matin. Alors, le carrosse entra dans une cour. Les brigands se hâterent de recouvrir les yeux des prisonniers, et ils furent portés l'un après l'autre dans une même chambre, grande, et dont les fenêtres étoient grillées.

Ce fut une grande consolation pour le pere et la fille de n'être pas séparés.

Un homme à visage découvert leur apporta de grossieres provisions, et un paquet de gros linges et d'habits de paysans. Henriette ne cessoit de pleurer, et, Mylord s'affligeoit, non, de sa nouvelle captivité, mais de l'opinion qu'on pouvoit prendre de le voir disparoître au moment où sa malheureuse affaire prenoit la tournure la plus favorable , l'idée de la douleur de sa femme et de ses enfans ajoutoit encore à l'horreur de sa situation.

Trois mois se passerent sans que les deux prisonniers eussent le plus léger espoir de voir terminer leurs maux. Ils s'entretenoient de l'extrême sévérité du sort à leur égard, ils se demandoient mutuellement d'où pouvoient partir d'aussi funestes coups, quels étoient donc les ennemis assez puissans pour faire mouvoir si facilement d'infernales machinations, et, comment eux qui n'avoient pas un acte d'injustice à se reprocher, se trouvoient-ils être le but continuel d'une implacable haine ? Vainement ils parcouroient le cercle de leurs connoissances, aucune ne leur offroit la possibilité du soupçon. Henriette voulut fixer l'idée de Mylord sur Evan. — C'est un homme atroce, croyez-moi mon pere, il est capable des plus grands crimes. — Vous le jugez trop sévére-

ment, ma fille, non jamais, je ne pourrai me persuader que le fils de nos meilleurs amis soit un scélérat consommé.
— Je parierois qu'il avoit connoissance
de l'enlevement de ma mere, et, que ce
fut lui qui blessa mon frere Alfred ,
quand il accourut à mon secours.—Chere
Henriette, votre haine vous avengle ,
et change les défauts d'Evan en crimes.
Je conviens qu'il n'est pas aimable ,
mais je ne le crois pas capable de faire
du mal volontairement. Pour ne pas
contrarier son pere, Henriette se fit la
loi de ne plus émettre son opinion sur
le compte du fils aîné de M. Growell.

. Depuis leur arrivée dans leur nouvelle
prison, les prisonniers avoient toujours
reçu leurs provisions par le même
homme. Un jour, à l'heure où il avoit
coutume de les apporter, la porte s'ouvrit, et au lieu du geolier habituel,
Mylord et sa fille virent entrer deux
femmes, dont la tête étoit couverte de
voiles longs et épais, le gardien les

suivoit. Elles se placerent sur des
chaises en face des prisonniers, et les
considérerent en silence. L'extrême lai-
deur de Mylord faisoit un contraste
frappant avec la rare beauté de sa fille.
La curiosité des inconnues sembloit
s'accroître à chaque minute, car elles
ne cessoient de fixer alternativement
leurs yeux sur l'un et sur l'autre. A un
signe qu'elles firent au geolier, qui
étoit resté debout, celui-ci s'avança, et
voulut embrasser Henriette; elle courut se réfugier dans les bras de son
pere, qui repoussa rudement l'insolent
gardien. — C'est inutilement, lui dit ce
misérable, que vous espérez soustraire
votre fille au déshonneur, elle sera ma
proie, je vous le certifie. — Ce ne sera
qu'après m'avoir arraché la vie, répli-
qua l'infortuné pere, en pressant son
enfant sur son sein : vil scélérat, garde-
toi d'approcher : un pas de plus, et je
t'extermine. L'homme sourit ironiquement. — Et vous, ajouta Mylord, s'a-

dressant aux témoins muets de cette scene révoltante, vous qui paroissez vous rassasier du spectacle le plus déchirant, dites, que vous ai-je fait ? quel mal vous a causé ma malheureuse famille ? Vôtre sexe fut presque toujours un modele de bonté, de douceur et d'indulgence. D'où vient vous montrez-vous à nous avec la férocité des tigres, et la dureté des bourreaux ? Si, sans le vouloir, j'ai mérité votre haine, sacrifiez-moi seul à votre ressentiment, laissez en paix ma respectable femme et mes pauvres enfans. — Non, non, vengeance jusqu'à la mort, dit une des femmes d'une voix forte! — Périssent jusqu'aux derniers des Milborn dans la honte et les tourmens, s'écria l'autre. Toutes deux sembloient avoir quelque chose dans la bouche, qui gênoit leur prononciation, et changeoit leur organe. — Juste ciel! reprit Mylord, quel terrible acharnement! Quel est donc mon crime, et quand m'en suis-je rendu

coupable? Pas de réponse. Henriette se
précipita à genoux, et joignant les
mains, elle supplia les inconnues de
pardonner à son malheureux père. —
Jamais, jamais, dirent-elles ensemble
en se levant, aggraver vos souffrances
sera notre plus douce occupation.
Adieu, bientôt nous nous reverrons.
— Grace, grace, répéta Henriette avec
l'accent de la douleur; mais les femmes
ne l'écoutèrent pas, et sortirent suivies
du geolier.

Mylord releva sa fille, et l'engagea à
se calmer. — Oh! mon pere, notre
perte à tous est résolue, ces méchantes
femmes l'ont jurée. Mon Dieu! mon
Dieu! que faire, que devenir? Vous
avez entendu la menace horrible du
geolier, il obéit à des furies qui ne res-
pirent que haine et destruction. Mon
pere, ayez le courage de me tuer, il
n'est que ce moyen de me soustraire à
l'infâmie. La mort est aujourd'hui l'objet de tous mes vœux. — Chere et mal-

heureuse enfant, tu m'arraches le cœur.
Réfléchissons; peut-être le sort nous of-
frira-t-il l'occasion d'échapper à nos
bourreaux. Sur-tout, Henriette, ne me
dites plus de vous ôter la vie, cette
idée est capable de me tourner la tête.
Pendant le reste de la journée, Henriette se livra au plus affreux désespoir, elle ne voulut toucher à aucun
des alimens que son pere lui présentoit.

Le lendemain, quand le geolier vint
apporter le dîner, Henriette fit des cris
épouvantables, et eut une terrible atta-
que de vapeurs, l'homme féroce fut
presque attendri de l'état de la jeune
fille, et d'un ton plus doux qu'à l'ordinaire, il lui dit de se tranquilliser, qu'il
n'useroit de violence envers elle que
dans le cas où il recevroit de nouveaux
ordres. Ce discours étoit peu conso-
lant; cependant, comme il annonçoit
un léger repit, il offrit à Mylord des
moyens pour ramener à la raison l'esprit égaré d'Henriette.

Durant un mois entier le geolier ne
sortit pas des bornes de son emploi ;
Mylord et sa fille commençoient à espérer que leurs cruelles ennemies vouloient enfin mettre un terme à leur
haine , jusques-là infatigable. Le sommeil, qui depuis long-tems ne visitoit
plus l'inquiete Henriette, sembloit vouloir s'en rapprocher. Elle sommeilloit
une nuit, quand le bruit qu'on fit en ou-
vrant la porte la réveilla. Dieu ! que devint l'infortunée ? en appercevant une
de ses persécutrices accompagnée du
geolier et d'un autre homme masqué ,
et qu'elle crut reconnoitre à la taille
pour le scélérat dont son frere l'avoit
débarrassée dans le bois de Milborn-
Hall. Elle poussa des cris perçants ,
même avant que les arrivans l'eussent
jointe. Mylord en chemise courut au lit
de sa fille, et la couvrant de son corps ,
— Infâmes agens de la plus exécrable
des femmes, leur dit-il, avez-vous pu
penser que tant que le cœur de Milborn
                              batteroit

batteroit, vous pourriez arriver jusqu'à
sa fille? Je verserai jusqu'à la derniere
goutte de ce sang dont vous êtes si avide
pour la défendre.

CHAPITRE XXVIII.

Lecteur, il nous faut encore revenir
sur nos pas; rappelez à votre mémoire
la fin du chapitre neuf, et vous vous
souviendrez que le fils cadet de M. Growell, Gideon, muni d'une commission
que lui avoit achetée son pere, s'embar-
qua pour aller joindre les troupes an-
gloises qui se battoient contre celles des
Américains.

La traversée fut prompte et heureuse,
ce dont Gideon ne s'apperçut qu'à
peine. Tout entier aux regrets d'avoir
quitté, peut-être pour jamais, la seule
femme qu'il pût et voulût aimer, il emportoit dans son cœur un éternel sujet
de douleur et de désespoir; en deman-

dant du service il avoit le double but
d'être utile à sa patrie, et de trouver
le seul remede aux maux qu'il endu-
roit, la mort.

Je n'entrerai dans aucun détail relativement à cette guerre, qui fut désastreuse aux deux parties, et qui, je crois,
ne contribua pas peu à jetter les premiers
fondemens de la trop fameuse révolution
de France. Mais, comme à mon sexe
n'appartient pas la plume de l'historien,
je m'abstiendrai de toute réflexion; je
ne parlerai que du jeune Growell, et
je dirai qu'il se comporta avec une bra-
voure qui, pour être ordinaire à la na-
tion angloise, n'en mérite pas moins
des éloges; il se distingua dans plusieurs
occasions, et, ce qui doit lui attirer l'ad-
miration universelle, c'est qu'il n'ou-
blia jamais que les ennemis qu'il com-
battoit avoient été ses freres. Aussi,
excepté sur le champ de bataille où
malheureusement tout acte d'humanité
doit être proscrit, Gideon défendoit,

secouroit les Américains. Combien ne
préserva-t-il pas de propriétés des
flammes : les soldats qu'il commandoit
ne se livroient jamais à ces excès hon-
teux et coupables, dont les troupes en
général font leurs délices.

Je n'omettrai pas de dire, qu'ayant été
commandé avec cinquante hommes pour
aller surprendre l'ennemi, il se conduisoit avec tant de prudence et de va-
leur que le général crut devoir l'en ré-
compenser sur le champ. Son capitaine
ayant été tué, il le nomma à sa place.
Comme cette faveur étoit, en quelque
sorte, une dette qu'on acquittoit, personne ne jalousa l'avancement de Gideon, qui, de son côté, se crut doublement engagé à sacrifier sa vie pour son
roi.

La paix, cet inappréciable bienfait
du ciel, fut enfin conclu entre deux
peuples nés pour n'en former qu'un,
et dont les divisions avoient tant fait
verser de sang. Gideon se rembarqua

avec son régiment, sur le vaisseau de guerre *le Conquérant.* Le jeune Growell craignoit et desiroit son retour en Angleterre ; peut-être trouveroit-il Ancelina mariée, et supposé qu'elle ne le fut pas, pouvoit-il espérer que son pere, qui s'étoit expliqué si impérieusement , voulût jamais consentir à son union avec la fille de son ami. Il m'a dit qu'il avoit d'autres projets, pensoit Gideon, mais qu'il n'espere pas que je veuille ajouter au chagrin de ne point obtenir celle que j'aime, l'horreur d'être l'époux d'une autre. Mon parti est pris, ou Ancelina sera à moi, ou je ne serai à personne.

Au bout de trois ans d'absence, Gideon revint dans sa patrie. Les fatigues de corps et d'esprit avoient apporté beaucoup de changement dans ses traits, mais il rapportoit le cœur et le caractere qu'il avoit reçus de la nature ; le premier, fidele , bon et sensible ; l'autre égal, obligeant, et porté à tout

ce qui étoit bien. Il arrive à Sumptuous-Castle, un jour que mistress Growell étoit seule. Son mari et Aurea
étoient à Pervious-House, depuis la
veille, et ne devoient être de retour que
le lendemain. Gideon vole aux pieds
de sa mere, qui l'embrasse comme une
simple connoissance qu'on n'a pas vu
depuis long-tems. Elle sort un moment
du salon, puis rentre, et fait des questions à son fils, sur ce qui l'a intéressé
pendant son absence; il raconte tout
avec sincérité, même ses exploits. Avec
ses parens, la modestie, en pareil cas,
seroit déplacée. Pourquoi cacher ce qui
naturellement doit faire tant de plaisir;
mistress Growell écoute son fils, et ne
peut se défendre d'un mouvement d'orgueil, en apprenant qu'il a mérité l'estime des soldats, l'amitié de ses cama-
rades, et des graces de ses supérieurs.
Cependant, à travers l'éclair de plaisir
qui brille dans ses yeux, on pourroit,
en l'observant attentivement, démê-

ler en elle une espèce de gêne, d'inquiétude que vainement elle s'efforce de
dissimuler.

Gideon s'étoit informé si son pere
étoit à Sumptuous-Castle, ainsi que
son frere et ses sœurs. Mistress s'étoit
contentée de répondre que toute la famille, excepté elle, s'étoit rendue chez
mylady Milborn. Sans doute que, craignant d'affliger Gideon, elle laissoit à
son époux le soin de l'instruire des malheurs de leurs amis, et du mariage de
Clara. L'heure du dîner vint, Gideon
éprouvoit une si forte agitation dans
son esprit et dans son cœur, qu'il ne
put rien manger. Sa mere, qui n'étoit
calme qu'en apparence, car elle re-
doutoit, pour la sensibilité de son fils,
les explications, ne toucha exactement
à rien ; en sorte qu'ils sortirent de table précisément comme ils s'y étoient
mis.

Vers le soir, M. Growell revint. A
son entrée dans le salon, son fils cou-

rut vers lui, il l'accueillit avec beaucoup
de tendresse. Mistress Growell se hâta
de lui demander s'il avoit laissé tous
ses enfans chez Mylady ; il comprit son
intention, et répondit tout simplement :
— Oui. Gideon fut chargé, par sa mere,
de répéter, à son pere, les intéressans
récits qu'il lui avoit faits. Gideon ne put
se dispenser d'obéir, le tems s'écoula,
celui de se retirer arriva, et M. Growell conduisit lui-même son fils dans
sa chambre.

Le lendemain matin, à l'instant où
Gideon alloit descendre chez sa mere,
M. Growell vint le trouver. — Il est
doublement heureux pour moi , lui
dit-il, mon fils, que vous soyez arrivé
en ce moment, car j'aurois été obligé
de faire un voyage fatiguant, en raison
de mon âge et de mes infirmités ; vous
me remplacerez, et mes intérêts seront
en d'aussi bonnes mains que les mien-
nes. Gideon attendoit en silence la con-
clusion d'un préambule qui, sans qu'il

en devinât la raison, le fit frissonner,
son pere continua : — Vous allez partir pour une terre que j'ai dans le pays
de Galles ; on m'y suscite une affaire
désagréable, et qui pourroit me coûter
plus de la moitié de ma fortune. Il n'y
a pas de tems à perdre, un jour de retard, une heure, peut-être, causeroit
un mal irréparable.—Quoi ! mon pere,
j'arrive, et vous voulez déjà m'éloigner
de vous. — Vous serez bientôt de retour, c'est au plus l'affaire d'un mois.
— Du moins, accordez-moi quelques
jours. — Je vous ai dit que le plus léger délai me feroit le plus grand tort,
et sans vous, je serois depuis plus de
quatre heures en route ; la chaise et les
chevaux vous attendent ; passons chez
votre mere, nous déjeûnerons, et vous
lui ferez vos adieux. Voilà une lettre
pour le concierge de mon château
d'*Havestvvord*, elle vous mettra au fait
de ce dont il s'agit. John vous accom-
pagnera, c'est un garçon zélé, qui vous

servira bien, il est rentré à notre service depuis peu de jours, mais sa fidé-
lité m'est connue depuis long-tems.

M. Growell, comme on a dû le remarquer, avoit accoutumé ses enfans à
une obéissance aveugle. Gideon se ré-
signa à la nouvelle épreuve que le sort
vouloit lui infliger, et il partit de
Sumptuous-Castle sans avoir vu ni son
frere, ni ses sœurs, qu'il croyoit à Milborn-Hall, et ce qui lui sembloit plus
cruel encore, sans avoir pu savoir des
nouvelles d'Ancelina. Depuis son arrivée, il avoit été tellement obsédé par
son pere et sa mere, qu'il ne lui fut pas
possible de parler, même de voir un
domestique de la maison.

Il passa les premiers instans de son
voyage, à réfléchir sur sa douloureuse
situation. Tout-à-coup une idée agréable se présenta à son esprit ; l'affaire
dans laquelle mon pere m'emploie,
pensa-t-il, est, à ce qu'il dit, d'une si
grande conséquence, qu'il s'agit de plus

de la moitié de sa fortune, qui passe pour
être très-considérable. Ainsi, si je réussis,
il seroit possible qu'il consentît à me
laisser épouser la charmante Ancelina.
Voilà bien le raisonnement d'une jeune
tête qui connoît peu , ou mal, le cœur
humain. Vainement il fit des questions
à John, celui-ci ne put que répondre.
— Il y a si peu de tems que je suis
rentré dans votre famille, que je ne suis
instruit de rien.

Vers le soir, John demanda à son
maître s'il s'arrêteroit pour coucher. —
Je ne sais, répondit Gideon, je me
sens fatigué. — Vous perdrez bien du
tems, reprit le domestique, si vous
passez la nuit dans une auberge, et
Monsieur votre pere craint bien que
vous n'arriviez trop tard. — Votre réflexion est juste, je ne descendrai qu'à
Havestword. Avez-vous eu soin de vous
munir de quelques provisions? — En
voici pour jusqu'à demain midi, alors il
sera facile de les renouveler. Gideon

mangea un morceau , puis s'étendit
dans le fond de la chaise, et s'endormit; il est réveillé par le bruit d'un
coup de pistolet, il ouvre les yeux, et
voit le pauvre John tomber à travers la
portiere, qu'on vient d'ouvrir. Deux
brigands se saisissent de Gideon, l'en-
levent de la chaise, et le portent dans une
voiture arrêtée à dix pas. Le jeune Growell apperçoit le corps de son fidele
domestique, que ses ravisseurs jettent
brutalement dans un fossé. Il entend
les cris lamentables que pousse le postillon qui conduisoit la chaise, mais il
est tenu de si près, qu'il ne peut porter
aucun secours aux deux infortunés. Dès
qu'on l'eut placé dans le nouveau carrosse, les deux scélérats y monterent,
fermerent soigneusement les volets, et
les chevaux partirent. Il étoit bien impossible, à Gideon, de savoir si l'on lui
faisoit continuer sa route, ou si l'on re-
venoit sur ses pas. La nuit étoit obscure,
et, en outre, tout étoit si bien clos ,

qu'on ne distinguoit absolument rien.

Au point du jour, il en perça une légere lueur à travers les jointures des
volets, il put remarquer que ses con-
ducteurs étoient armés de pistolets,
qu'ils tenoient au poing. Gideon, ju-
geant que toute question seroit inutile,
s'abstint de leur en faire. Ils offrirent,
au jeune homme, des rafraîchissemens
qu'il refusa.

Pendant la durée de dix-huit heures,
la voiture relaya quatre fois, et alors
les brigands redoubloient de vigilance
pour empêcher Gideon de faire aucun
mouvement. Tous deux lui tenoient un
pistolet à un doigt de la tête, et ne se
remettoient à leur place que quand les
chevaux étoient en marche.

Il étoit nuit fermée quand le carrosse
s'arrêta, et qu'on lui dit que c'étoit là le
terme de son voyage. On le fit descendre et entrer dans une maison de très-
peu d'apparence. Les deux hommes
marchoient à ses côtés, et une femme,

qui avoit ouvert la porte, alloit en
avant avec une chandelle allumée; ils
traverserent une allée qui conduisoit à
une petite cour. Ici la femme leva une
espèce de trape qui fermoit un escalier
qu'elle descendit. Gideon suivit en fré-
missant. Arrivé à la derniere marche,
la femme ouvrit une porte, et l'on se
trouva dans une cave formant une espèce de passage. — Juste ciel! s'écria
Gideon, où donc me conduisez-vous?
— Attendez, dit la femme, vous ne serez pas très-mal. Alors, elle mit une
clef dans une autre porte qui conduisoit dans une chambre grillée, assez
propre, où il y avoit quelques meubles
commodes, et un bon lit. — J'espere
que vous ne vous plaindrez pas de
nous, dit encore la femme; pour mon
compte, j'ai fait mon possible pour que
vous soyez content. — Mais, je vous
prie, de quel droit, par quel ordre me
retenez-vous ici? Songez que mon pere
sera bientôt instruit de ma disparition,

et qu'il ne ménagera ni argent, ni démarches pour me retrouver. Croyez-
moi, soyez assez sage pour me laisser
aller, et je vous jure, sur l'honneur,
de ne pas chercher à me venger de votre inconcevable atrocité. — Nous ne
craignons ni votre pere, ni vous, dit
insolemment un des hommes; nous
remplissons les ordres qu'on nous a
donnés, et celui qui nous emploie se
moque de tout ce que vous pourrez
faire et dire. Bonsoir; et ils se retirerent. La femme avoit moins de ru-
desse, elle tâcha de consoler son prisonnier, et lui promit d'avoir pour lui
les soins et les égards qui sont dûs
au malheur.

CHAPITRE XXIX.

Il y avoit quinze jours que Gideon étoit parti de Sumptuous-Castle pour aller à Havestword, terre appartenante à son pere, située dans le pays de Galles, quand M. Growell reçut une lettre d'Evan. On se rappelle que ce jeune homme, après l'affaire qu'il eut avec le fils du Major Hartwell, et dans laquelle ce dernier perdit la vie, s'étoit enfui pour échapper aux justes poursuites qu'il étoit naturel de craindre de la part des parens du mort. Evan s'étoit rendu à Londres, où sa présence fut une calamité pour la malheureuse Clara. M. et mistress Growell souffroient tellement d'être séparés de leur bien-aimé fils, qu'ils lui donnerent plusieurs fois des rendez-vous à dix milles de Sumptuous-Castle, afin de jouir du plaisir de le voir. Evan se refusoit d'autant moins à ces entrevues, qu'il en remportoit toujours de nouveaux moyens de soutenir les dépenses extravagantes qu'il faisoit à Londres.

La lettre dont j'ai parlé au commencement de ce chapitre, contenoit une demande de deux mille guinées, Evan n'avoit pas cru qu'il fut nécessaire de désigner l'emploi qu'il en vouloit faire, il manifestoit son desir, et pensa que cela devoit suffire. M. Growell fut très-surpris de l'indiscrétion de son fils, à qui sa mere avoit remis trois semaines avant cinq cents livres sterlings ; il s'étoit fait jusques-là un plaisir de ne lui rien refuser, mais il ne vouloit pas qu'il abusât de sa tendresse, au point de prodiguer ainsi sa fortune. Sa réponse, bien différente de toutes ses autres lettres, étoit écrite d'un style sévere. Mistress Growell partagea l'indignation de son mari, et approuva sa réponse. Cependant, elle ajouta, à la lettre, quelques mots de tendresse qui, suivant elle, devoient calmer le chagrin qu'il éprouveroit sûrement d'avoir déplû à son père. L'évènement ne répondit pas à son attente ; Evan fut outré du refus de M. Growell, il étoit si loin de le soupçonner possible, qu'il avoit déjà disposé des deux mille guinées. Il jura, tempêta, maudit tous les peres en général, et le sien en particulier.

La conduite d'Evan, depuis son arrivée dans la capitale, étoit celle d'un homme sans principes ni moralité. Accoutumé à ne recevoir d'ordre que de sa volonté, il ne pouvoit que se livrer aux plus dangereux penchans. D'horribles excès en furent la suite. On le savoit riche, des nuées d'intrigans et de prostituées se jetterent à sa tête ; il fut la dupe des uns et des autres, ses prodigalités lui valoient des espèces d'adorations. Il buvoit à longs traits dans la coupe perfide de la flatterie ; l'argent demandé à son pere devoit servir à payer les flagorneurs ; que l'on juge

combien il fut désappointé en ne rece-
vant, à la place de la somme si ardem-
ment desirée, qu'une froide et insigni-
fiante missive. Dans son premier mouvement, il eut la témérité d'écrire à
son pere, comme il l'auroit fait à un
intendant qui se seroit érigé en rai-
sonneur.

Pendant les allées et venues de ces
lettres, il en arriva une à Sumptuous-
Castle, qui jetta le trouble et la confu-
sion dans l'esprit de M. et mistress
Growell, en voici la copie :

Lettre d'un Anonyme.

« Il est tems que vous sortiez d'er-
» reur, Evan ne tient à vous par aucun
» lien du sang; il vous fut donné en
» échange pour votre fils aîné, qui
» existe, et ne vous connoît pas pour
» son pere. J'aurois pu garder le si-
» lence et laisser les choses dans le
» même état où elles sont depuis vingt-
» cinq ans, si ce malheureux Evan ne

» se rendoit chaque jour indigne du
» bonheur dont il frustre un être ver-
» tueux ; Evan est un monstre qui for-
» me contre vous les plus sinistres
» projets ; au moment où je vous écris,
» il est caché dans les environs de
» Sumptuous-Castle, et peut-être, cette
» nuit vous forcera-t-il à main armée
» de lui livrer tout l'argent de votre
» coffre-fort, heureux encore si les
» jours de ceux auxquels il croit de-
» voir les siens sont respectés. Je ne
» puis me faire connoître à vous sans
» crainte pour ma sûreté ; mais mon
» avis, qui ne sauroit annoncer un
» intérêt qui me soit personnel, vous
» mettra au moins, à portée d'éviter
» le plus affreux et le plus urgent
» danger ».

Après la lecture de cette lettre, le
mari et la femme se fixèrent d'un œil
égaré. — Evan n'est pas notre fils, dit
tout-à-coup mistress Growell ? non, je
ne puis le croire ; c'est une calomnie,

vous savez, mon cher, que l'échange
ne nous concernoit pas. — Un moment
reprit, monsieur Growell, je suis comme
vous porté à croire que cet avertissement est une fausseté, peut-être même
une trahison, cependant, la conduite
d'Evan est depuis quelques tems si révoltante que je ne sais que penser.

En ce moment on apporta l'épître
fulminante d'Evan. — Qu'il soit notre
fils, ou non, s'écria monsieur Growell,
c'est un scélérat, lisez, dit-il à sa femme,
en lui présentant la lettre dont la lecture causa des crispations de nerfs à
mistress Growell. — Il faut, reprit son
mari, nous tenir cette nuit sur nos gardes; si ce monstre ose venir comme on
l'annonce, il est mort. — Juste ciel!
mon ami, tuer votre fils? — Il ne l'est
peut-être pas.—Et si il l'est? — J'aurai
prévenu le plus grand des crimes, le
parricide.—En en commettant un presqu'aussi révoltant. — Que faut-il donc
faire? — Le rendre à la raison par la

douceur. — Eh bien ! il vous égorgera
en vous embrassant. — Quelle terrible
situation, c'est aujourd'hui que je sens
les tourmens..... Son époux la regarda
fixement, elle se tut.

Il n'y avoit en ce moment au château personne en qui monsieur Growell
pût mettre sa confiance. Il se décida,
donc, à veiller seul avec sa femme,
il eut soin de fermer lui-même toutes
les portes, ordonna au portier de
n'ouvrir à qui que ce soit, et sous
aucun pretexte, puis s'entourant d'une
espèce d'artillerie, il s'établit dans son
cabinet. Mistress Growell tremblante,
étoit assise à quelque pas de lui : tout
fut tranquille jusqu'à une heure du
matin. Alors, un léger bruit se fit entendre dans la piece qui précédoit
celle où étoit le mari et la femme ;
un moment après on tourna doucement la clef qui étoit restée en dehors,
la porte roula lentement sur ses gonds,
et l'on vit entrer Evan, suivi d'un hom-

me bien connu de monsieur Growell.
— Que voulez-vous, demanda le maître
du château d'une voix forte ? Evan,
sans se déconcerter, répondit qu'il
venoit chercher deux mille guinées.
— Voilà de quelle maniere je vous les
délivrerai, monstre vomi par les En-
fers, dit M. Growell, en montrant un
pistolet.— *C'est précisément ainsi, re-*
prit l'autre, que je prétends les ob-
tenir, et en même tems il s'arma du
sien, et lâcha son coup, qui n'atteignit
pas monsieur Growell, mais fut frapper son épouse au - dessous du sein
droit. Elle poussa des cris qui éveil-
lerent tous les domestiques, ils arriverent dans l'instant où Evan et son complice vouloient s'échapper ; ils furent
arrêtés l'un et l'autre et enfermés dans
une chambre basse: sans attendre les
ordres de son maître, un des gens
monta à cheval, et galopa au premier
bourg pour ramener main-forte et un
chirurgien.

Cependant, monsieur Growell témoignoit une agitation extraordinaire,
et paroissoit beaucoup moins occupé
de l'état affreux de sa femme que de
craintes et d'inquiétudes. Il se prome-
noit d'une chambre à une autre, levoit
les yeux au ciel, pressoit ses mains ensemble et murmuroit des juremens
et des blasphêmes épouvantables.

Mistress Growell étoit entourée de
sa fille et de ses femmes, qui s'effor-
çoient d'arrêter le sang qui couloit de
sa blessure, et tâchoient vainement de
de la rappeller à la vie qu'elle sembloit avoir perdue.

Trois heures se passerent dans cet
état d'angoisses et de souffrances. Les
domestiques gardoient un lugubre et
morne silence, enfin, le trouble étoit
général.

Un des gens qui gardoit les deux
coupables, vint vers les six heures du
matin, dire à monsieur Growell que
son fils l'engageoit à venir lui parler.

— Le misérable Evan n'est pas mon
fils, c'est un infâme scélérat qu'on a
substitué à mon véritable enfant; cependant, je veux bien aller savoir ce
qu'il a à me dire. A-t-on fouillé ces
deux monstres, est-on assuré qu'ils
n'ont pas des armes cachées, et sont-
ils liés assez fortement pour qu'on
puisse les approcher sans danger? Le
domestique répondit par un affirmatif,
et, monsieur Growell se rendit où il
étoit appellé. Dès qu'il entra, Evan lui
dit de faire retirer tout le monde.
Monsieur Growell fit signe à ses gens
de sortir. Il resta plus d'une heure avec
les deux meurtriers ; en les quittant il
dit à ses domestiques : — Ils sont plus
malheureux que coupables, aussi me
contenterai-je de leur faire peur. Ce
discours pétrifia tous ses gens, et ils se
dirent entr'eux : — Nous ne devons pas
souffrir qu'un crime aussi énorme reste
impuni. Ce seroit en être les complices;
fils, ou non de la maison, M. Evan est

un

un assassin. Sa mere a été frappée de sa main, il faut le remettre dans celles de la justice. Alors, on entendit un grand bruit dans les cours du château. C'étoit un shériff, accompagné de huit hommes qu'amenoit le valet officieux ; ils étoient suivis d'un chirurgien qui monta chez mistress Growell.

Avant que M. Growell sut l'arrivée du shériff et des gardes, Evan et son complice leur furent livrés par ses gens. Vainement M. Growell chercha à atténuer le crime, tout ce qui étoit à Sumptuous-Castle servit de témoins contre les coupables, et, après qu'on eut dressé le procès-verbal d'usage, les prisonniers furent sommés de venir à Hawfield pour y être déposés dans la prison. En partant, Evan cria à M. Growell d'une voix de stentor : — Tremblez, si je péris, mon supplice ne fera que précéder le vôtre. Adieu, nous nous reverrons sans doute.

CHAPITRE XXX.

Je reviens à l'intéressante et malheureuse Henriette, que j'ai quittée dans un instant bien critique. L'excès de la douleur causa à cette infortunée une telle révolution, qu'elle perdit entièrement connoissance. Son extrême pâleur fit croire, à son père, qu'elle étoit morte de frayeur; alors, son désespoir n'eut plus de bornes, il voulut se précipiter sur la femme qui, tranquille spectatrice de cette scene d'horreur, sembloit encourager ses complices, et les exciter à n'user d'aucun ménagement. Cependant, l'état d'anéantissement de miss Milborn, empêchant, pour le moment, l'accomplissement de leur exécrable projet, ils se retirerent, et pousserent la barbarie jusqu'à annoncer à Mylord que bientôt ils reviendroient pour consommer ce qui n'étoit qu'é-

bauché, si Henriette étoit rendue à la
vie. — Ames de pierre! s'écria Mylord,
je ne vous crains plus, ma malheureuse
fille a cessé de vivre, et bientôt j'irai la
rejoindre, vos coups ne pourront plus
nous atteindre.

En effet, Mylord croyoit que sa chère
Henriette n'existoit plus ; le froid gla-
cial de la mort avoit engourdi tous ses
membres; son père, assis près de son
lit, la contemploit avec des yeux éga-
rés. Dans un moment il remercioit le
ciel d'avoir mis fin à ses maux ; dans un
autre, il l'accusoit de cruauté. — Comment, disoit-il, as-tu pu détruire sitôt
ton plus bel ouvrage? Ensuite, il se jettoit à genoux, et demandoit à Dieu de
se hâter de le réunir à son enfant. Pendant cette longue et cruelle agonie du
désespoir, Henriette fit un soupir, Mylord se précipite sur elle. — Ma fille,
ma chere fille, parle à ton père. Mon
Dieu! je vous rends grace, l'objet de
ma tendresse respire ; vous préservez

son honneur, daignez encore veiller
sur ses jours, son innocence et sa vertu
la rendent digne de vos bienfaits. Henriette, mon Henriette, dis à ton pere
que tu l'aimes toujours. — Mon pere,
oh! mon pere, où êtes-vous? — Ici,
près de toi, chere enfant; et il se re-
mit à genoux. Comment te trouves-tu,
mon Henriette? — Foible, mais bien,
oh! mon pere, quel horrible rêve j'ai
fait cette nuit! — Ma bonne amie, c'é-
toit une réalité, mais la providence ne
nous a pas abandonnés. Henriette se
jetta dans les bras de Mylord. — Prions
ensemble, mon pere, le créateur ne dé-
daignera point d'écouter nos remer-
cîmens.

Le geolier vint à son heure ordinaire, et ne fit aucune mention de la
scène de la nuit.

Quelques jours s'écoulerent encore
sans que mylord Milborn et sa fille
éprouvassent le moindre changement
dans leur situation; cependant ils étoient

sans cesse dans de mortelles inquiétudes. L'approche de la nuit leur inspiroit un effroi épouvantable. Henriette s'étoit décidée à ne plus se déshabiller. Le courage avec lequel sa mere s'étoit défendue dans une pareille circonstance, lui donna l'idée d'avoir tous près les mêmes moyens d'échapper à l'infamie ; en conséquence, elle avoit caché un couteau dans son sein, à l'insu de son pere ; et quand le sommeil, plus fort que sa volonté, s'emparoit de ses sens, elle tenoit, dans sa main, l'arme qui devoit être sa derniere ressource. Mylord imagina de placer son lit, tous les soirs, en travers de la porte ; alors il ne craignit plus qu'on entrât sans qu'il l'entendît, et il se ménageoit, par là, le tems de se préparer à la plus vigoureuse défense. Telle fut, pendant un mois, la douloureuse existence du pere et de la fille.

Le jour commençoit à baisser, l'heure de la derniere visite du geolier appro-

choit , quand les prisonniers entendirent
un bruit de chevaux et de voitures; et peu
de minutes après ils virent entrer, dans
leur chambre, un homme âgé, suivi
d'une femme et du gardien. Mylord reconnut à l'instant le premier , pour le
vieillard qui avoit joué, vis-à-vis de lui,
un double rôle, celui , en apparence, de
médiateur entre le faussaire du billet
de six mille guinées excroquées à Mylord, quatre ans auparavant; enfin,
l'homme qui l'avoit fait appeler la nuit
du meurtre, et celui qui étoit venu
faire, à l'audience, l'histoire la plus
atroce, pour prouver la culpabilité de
mylord Milborn. Sa présence, comme
on doit le penser, fit tressaillir le prisonnier. — Que veux-tu, lui dit-il ,
monstre plus féroce que ceux qui habi-
tent les forêts ? quelle nouvelle calamité
t'amène ici ? viens-tu te gorger du sang
de tes victimes ? — Je viens réparer,
s'il est possible, un peu du mal que j'ai
pu vous faire; venez, avant cinq heu-

res d'ici vous serez hors du pouvoir de vos ennemis. — Je n'en connois d'autre que toi, et je suis loin d'en deviner le motif. — Avant peu vous saurez tout, et vous frémirez d'horreur. — Prenez mon bras, Miss, dit la femme en s'approchant d'Henriette, qui, au lieu d'accéder à la proposition de l'inconnue, courut se réfugier dans le sein de son père. — Ne perdons pas de tems, reprit le vieillard, partons. Voyant que Mylord et sa fille hésitoient, il ajouta : — Que pouvez-vous redouter de pire que ce qui vous attend ici ? Ceux qui vous y retiennent ne vous ont-ils pas prouvé qu'ils étoient vos implacables ennemis ? Je ne vous promets pas de vous rendre sur-le-champ votre liberté ; mais je jure que dans le lieu où je vais vous conduire, on n'attentera ni contre la vie de l'un, ni contre l'honneur de l'autre. Profitez du moment où j'ai encore le pouvoir de vous ôter de cet horrible endroit ; si vous y restez, cette

nuit, peut-être dans une heure, le plus
effroyable attentat sera consommé. —
Si, comme je le crois, dit Mylord, vous
prétendez nous tromper, la mort nous
aura bientôt délivré de vos infernales
machinations; je vous préviens que tous
deux nous avons des moyens prompts
et sûrs de nous la donner. Viens, mon
Henriette, nous ne pouvons être plus
mal qu'ici; ils descendirent tous les cinq
très-précipitamment ; le geolier conduisit, en postillon, trois chevaux attelés à une voiture, dans laquelle Mylord, sa fille, le vieillard et la femme
montèrent.

On ne dit pas un mot pendant tout
le chemin. Vers les dix heures du soir,
les chevaux s'arrêterent. Le vieillard et
la femme sortirent de carrosse, et tandis que le premier donnoit la main aux
prisonniers pour les aider à descendre,
l'autre ouvroit, avec une clef qu'elle
tira de sa poche, la porte d'une petite
maison située en pleine campagne. —

Frank, dit le vieillard, en parlant au geolier, tu sais ce qu'il faut faire des chevaux et de la voiture, tâche d'être de retour avant minuit, car il faudra que tu portes la lettre en question. — Je sais, je sais, répondit-il en fouettant ses chevaux pour les faire partir.

On fit entrer Mylord et sa fille dans une chambre assez propre, et après leur avoir présenté des rafraîchisse- mens, auxquels il ne touchèrent pas, le vieillard dit à la femme : Prends une lanterne, Nancy, pour conduire My- lord et miss Henriette. — Où donc de- vons-nous aller, demanda Henriette d'un air effrayé? — Il seroit aussi peu sûr pour vous que pous nous de ne pas vous soustraire à tous les yeux. En ce moment vous ignorez ce qui se passe, et ce n'est pas l'instant de vous l'appren- dre. Je conviens que je suis un grand coupable, j'ai aggravé vos maux, My- lord, mais je n'en suis que l'agent, et si je m'y fusse refusé, celui qui en est le

* *

moteur auroit su me faire remplacer par
d'autres. Au reste, comme je ne veux
pas me faire meilleur que je ne suis , je
vous avouerai que ce n'est pas à un retour de vertu que vous devez mes
bonnes intentions pour vous. Quand
j'ai cherché à vous perdre , c'étoit par
intérêt , ce même intérêt me porte aujourd'hui à nuire à ceux que j'ai servis ;
ainsi , ne me sachez nul gré de ce que
je fais , ni même de ce que je pourrai
faire par la suite.

Cet étrange discours terminé , la femme se présenta avec une lanterne, Henriette prit le bras de son pere , et ils sui-
virent leur guide. Le vieillard les accom-
pagna jusqu'à la porte du jardin et rentra.

Ils traverserent une assez longue pe-
louse, qui étoit entourée de murailles.
Arrivés presqu'au bout , ils apperçurent des espèces de ruines de chau-
mieres. La femme leva un loquet, et
une vieille porte s'ouvrit. Elle fit entrer
le pere et la fille, puis referma la porte.

Ils se trouvèrent dans une espèce de hangard ou de serre. La conductrice dérangea des paillassons qui avoient l'air d'être jettés dans un coin, sans dessein. Ils découvrirent un volet qu'elle leva, et laissa voir un escalier. Ils descendirent trente marches, et trouvèrent une porte que la femme ouvrit encore. Elle poussa Mylord et Henriette dans une chambre souterraine, plancheyée, referma la porte, et leur cria : — A demain. — Il faisoit une nuit obscure. — Le scélérat ! s'écria Mylord ; et il appelle cette nouvelle prison un adoucissement à nos maux. — C'en sera un, mon père, s'écria Henriette, si nous ne sommes plus exposés aux visites nocturnes de la femme atroce qui nous veut tant de mal. — Qui que vous soyez, dit une voix qui partoit de la chambre même, je défie que vos malheurs puissent égaler les miens. Le premier mouvement des deux arrivans en fut un d'effroi, mais bientôt la pitié prit sa

place. — Grand dieu ! dit Mylord, les
monstres , qui nous persécutent, veulent donc réunir leurs victimes pour les
faire toutes périr ensemble. Infortuné
compagnon de nos douleurs et de nos
chagrins , pouvez-vous , voulez - vous
vous faire connoître à l'homme qui
n'existe que par le désespoir? — Pourquoi voudrois-je me cacher à vous,
quand mon seul desir seroit d'instruire
l'univers de l'horreur de ma captivité,
je me nomme Grimsby. — Grimsby,
le capitaine Grimsby, s'écria Mylord
en tombant sur ses genoux! Dieu tout
puissant! quelle étonnante et heureuse
rencontre ! et moi je suis Milborn, accusé de vous avoir donné la mort. —
Mylord Milborn ! quoi, c'est vous, et qui
donc a pu concevoir l'idée abominable
que vous étiez mon meurtrier?—Hélas!
toutes les preuves se réunirent contre
moi; et il alloit lui raconter sa malheureuse histoire.—Pardon, Mylord, si je vous
interromps; mais vous êtes debout, les

êtres de ce lieu sombre, vous sont inconnus, veuillez permettre que je vous
conduise, ainsi que la dame qui est avec
vous., à des siéges; il prit la main de
Mylord, et lui présenta deux chaises.
Lui et sa fille s'y placerent. — Henriette, dit Mylord, c'est aujourd'hui que
nous devons remercier la providence,
ce nouveau bienfait étoit au-dessus de
mon espérance. — Quoi! reprit monsieur Grimsby, c'est miss Henriette qui
partage votre captivité; ah! par grace,
daignez m'instruire de tout ce que je
ne fais qu'entrevoir; alors Mylord entra dans les détails de ce qui s'étoit passé depuis la disparition du Capitaine
de Milborn-Hall. Grimsby écoutoit,
avec horreur, tous les moyens iniques
qu'on avoit employés pour perdre un
galant homme. Dès qu'il eut cessé de
parler, Grimsby commença le récit que
Mylord et sa fille brûloient d'entendre.

« A peine, Mylord, aviez-vous quitté
le salon de charmille, pour aller sa-

voir ce qu'on vous vouloit, qu'Evan
me prit par-dessous le bras, en me disant : Je vais, Capitaine, vous faire voir
jusqu'à quel point les femmes savent
en imposer au public, sur leur apparente vertu. Venez être le témoin d'un
rendez-vous amoureux de deux personnes que vous êtes loin de soupçonner
de s'aimer. J'avoue que le discours du
fils de M. Growell excita tellement ma
curiosité, que je l'accompagnai avec
empressement. Nous entrâmes dans le
labyrinthe. Dès que nous fûmes arrivés
à la rotonde du centre, le traître Evan
me frappa de deux coups de poignard
dans la poitrine, je tombai et perdis
connoissance. Quand je la recouvrai,
je me trouvai ici étendu sur un lit. Une
femme, la même qui vous a conduit en
ce lieu, cherchoit à panser mes deux
blessures ; j'avois dû répandre beaucoup de sang, car ma foiblesse étoit si
grande, que je ne pouvois parler. Cette
femme me soigna avec beaucoup de

zele, et parvint à me guérir. Quand je
fus rétabli, je demandai à sortir d'un
endroit aussi affreux, mais elle me répondit que je ne pouvois pas espérer
de recouvrer la liberté avant cinq ou
six ans; vainement je priois et mena-
çois. Comme je paroissois décidé à user
de violence pour forcer mon horrible
prison, ma geoliere vint accompagnée
de deux hommes, dont un très-âgé; ils
étoient armés de pistolets, et me dirent
qu'ils veilloient nuit et jour à la porte
de mon cachot; qu'ainsi tous mes efforts, pour m'échapper, n'aboutiroient
qu'à me faire mettre au pain et à l'eau,
et qu'on me priveroit de toutes les pe-
tites douceurs dont je jouissois. Cette
menace me détermina à attendre qu'une
occasion pût s'offrir, sans m'exposer à
être encore plus malheureux. »

Vous le voyez, mon père, dit Henriette, quand M. Grimsby eut terminé
son récit, c'est ce monstre d'Evan qui
cause tous nos maux. — Tu oublies,

ma fille , que ce sont des furies sous la
figure de femmes qui ont juré devant
nous notre entiere destruction.— Eh
bien ! Evan est ligué avec elles, c'étoit
lui dans le bois , c'étoit encore lui l'autre jour qui entra dans notre chambre,
pendant la nuit. — Miss Henriette , reprit le Capitaine, peut le soupçonner et
même l'accuser de tous les crimes ; il
n'en est pas qu'il ne soit capable de com-
mettre. — Hélas ! dit Mylord en sou-
pirant, que je plains mon ami Growell,
d'avoir un pareil fils ! La conversation
se soutint une partie de la nuit. Cependant, Henriette , accablée de fatigues ,
s'endormit sur sa chaise. Grimsby proposa à son pere de la porter sur son lit ,
qui étoit assez bon. Mylord prit sa fille
dans ses bras , et conduit par le Capitaine, il fut la poser doucement sur la
couchette ; ensuite , ils se remirent à
disserter sur les possibilités de rompre
leurs fers. Le jour perçant à travers un
trou fait en créneau , donna la facilité

à Mylord de reconnoître les traits du sauveur de sa femme. Il le trouva excessivement changé , mais il avoit conservé l'air de franchise et de loyauté qui l'avoit frappé lors de leur première connoissance.

La pourvoyeuse apporta , de grand matin , de quoi faire un nouveau lit. — Les deux hommes coucheront ensemble , dit-elle , et miss Henriette occupera le lit qu'avoit le Capitaine, elle descendit aussi des vivres. La qualité et la quantité ne laissoient rien à desirer. Le soir, ce ne fut pas elle , mais les deux hommes qui apportèrent le souper ; et comme Mylord les prioit de mettre un terme à leurs souffrances , en les rendant enfin à leur famille respective ; le vieillard répondit en jurant : — Croyez-vous que je ne desire pas , moi-même, mettre fin à tous ces embarras? Depuis quatre ans nousn'avons joui d'aucun repos,ni moi,ni les miens.Alternativement geolier , dénonciateur , espion , que

sais-je ? Voila pourtant la vie que je
mene. — Dans le nombre des rôles que
vous prétendez avoir joué depuis quatre
ans, dit Grimsby, n'oubliez-vous pas
celui de bourreau?— Jamais, reprit le
vieillard, oh ! je n'ai pas un meurtre à
me reprocher, et j'eusse peut-être été
toute ma vie honnête homme, sans ma
fille ; c'est elle qui a fait la premiere
faute, et les autres coûtent moins ; il est
vrai que depuis quatre ans je n'ai fait
que du mal pour obéir à ceux de qui je
dépends. — Depuis quatre ans, dit
Mylord, c'est là précisément l'époque
du commencement de mes calamités.
— Aussi, toutes mes mauvaises actions
n'ont jamais eu que vous et les vôtres
pour objet. — Je suis donc bien haï des
personnes qui vous employent ? — Elles
n'ont d'autres desirs que celui de vous
perdre, et d'autres plaisirs que celui de
vos souffrances. — Grand dieu! et que
leur ai-je fait ? — Je ne puis ni ne veux
en dire davantage, mais ou je juge mal,

ou 'tout se découvrira bientôt. Sans
doute je succomberai avec les autres,
mais je me suis réservé les moyens, non
de me sauver, c'est la chose impossible,
mais d'entraîner avec moi les plus coupables. Il se retira, laissant les prisonniers dans une surprise mêlée d'un peu
d'espoir. Le caractère de leur gardien
leur laissant entrevoir qu'il ne seroit pas
toujours incorruptible.

CHAPITRE XXXI.

JE retourne à Mylady Milborn que j'ai
quittée à la fin du chapitre vingt-cin-
quième. C'étoit au moment où Ancelina envoyoit à sa belle-sœur Clara
cinq cents guinées par l'ordre de sa
mere.

Privées de consolations, ne pouvant
même se livrer à l'espoir d'un avenir
plus heureux, quelle devoit être la situation de Mylady et de sa fille ? leur

unique société se bornoit à M. et Mistress Growell, qui, toujours amis fide-
les, venoient souvent partager leur
chagrin. Pervious-House étoit le séjour de la douleur ; Diana et Emery
n'ayant pas voulu quitter leur infortunée
maîtresse, ils continuerent à la servir
avec zele et attachement ; un dévouement aussi beau qu'il est rare avoit rendu ces deux excellens sujets si chers à
Mylady, qu'elle les regardoit moins
comme des domestiques, que comme
de véritables amis.

Lors du renvoi que fit Clara des
quatre cent cinquante guinées, Mylady
éprouva un surcroît de peine bien
cruel pour son cœur; Godwin étoit
le seul de ses enfans qui eut sucé son
lait, elle ne croyoit pas l'aimer plus
que les autres, mais en apprenant sa
fin malheureuse, elle sentit une douleur
si violente qu'elle ne pût douter que sa
tendresse pour lui n'eût été extrême.
Ne pouvant s'empêcher d'accuser M.

et Mistress Growell de barbarie, elle s'abstint de les recevoir pendant quelques jours. Ses amis, accoutumés à la voir toutes les fois qu'ils alloient à Pervious-House, furent surpris et mortifiés du soin qu'elle prit pour les éviter. Ils s'en plaignirent à Ancelina, celle-ci allégua des excuses qui ne furent point reçues. Mistress Growell, surtout, témoigna une si grande peine de l'apparente froideur de son amie, que Mylady surmonta toutes ses répugnances, et se livra plus que jamais aux douceurs de l'amitié.

Le terrible événement arrivé à Sump-uous-Castle ayant été su à Pervious-House, Mylady envoya chercher des chevaux de poste. (Elle avoit fait vendre ous les siens) Dès qu'ils furent attelés; lle se rendit avec sa fille dans la terre le ses amis. Mistress Growell étoit fort nal, sa blessure se trouvoit très-dan-gereusement placée, et supposez qu'elle m revînt, il faudroit lui faire la terrible

opération de lui couper un sein; tel fut
le rapport du chirurgien.

Comme on étoit accoutumé à voir
entrer Mylady Milborn à toutes heures
et dans tous les appartemens, les domestiques ne firent aucune difficulté
pour la laisser pénétrer dans la chambre de Mistress Growell; celle-ci fit un
cri en appercevant Mylady. — Est-ce
que ma présence vous afflige mon amie?
Je venois vous offrir ce que j'ai si souvent reçu de vous, des soins et des
consolations. — Oh! non, non, ce n'est
pas de vous voir qui me fait de la peine,
mais c'est de vous apprendre que je
suis, s'il se peut, encore plus malheureuse
que vous. Sans doute, ajouta-t-elle, on
vous a dit qu'Evan avoit attenté à ma
vie? Mylady fit un signe de tête. — Savez-vous aussi que ce monstre n'est pas
mon fils? — Je l'ignorois, mais comment cela est-il possible? — Une lettre non signée nous l'annonce. — Si
c'est là votre seule autorité, le doute

vous est permis ; cependant, mon amie, si c'est une vérité, je vous engage à vous en réjouir, sur-tout après ce qui s'est passé cette nuit ; et comment vous trouvez-vous? — Point bien du tout, je souffre de grands maux au physique et au moral. — Le dernier se guérit plus difficilement que l'autre, c'est la raison qui est son médecin, et je sais par expérience qu'il est mal-aisé de suivre ses conseils. — Avez-vous vu mon mari? — Non, mon premier soin a été de venir près de vous. — Il me témoigne bien peu d'intérêt. — Mon amie, vous devez lui pardonner, il doit être vivement affecté, et sûrement il a craint d'augmenter vos maux, en vous laissant voir ceux qu'il éprouve. — Que vous êtes bonne de l'excuser, mais vous êtes un modele d'indulgence. Vos vertus devroient vous faire bien des amis. — Mes malheurs les éloignent. Mistress Growell soupira, et garda le silence. En ce moment son mari entra, il courut vers Mylady, et lui baisa la main.—Vous savez, lui dit-il, que c'est à présent notre tour d'être victimes du sort. — Votre courage et votre philosophie vous donneront les moyens d'en triompher. — Evan n'est pas notre fils ? — C'est ce que vient de me dire mon amie. — Il fut substitué à l'aîné de nos enfans. — Par sa nourrice, sans doute ? — Infailliblement. — Je présume que vous chercherez à approfondir ce mystère d'iniquité. — Je m'en occupois quand on m'a appris votre arrivée.

Vers le soir, la malade se trouvant plus mal, Mylady ne voulut pas la quitter ; en conséquence, elle résolut de rester à Sumptuous-Castle, et de renvoyer Ancelina à Pervious-House. Aurea demanda de l'accompagner, on y consentit, et les deux jeunes personnes prirent la chaise de poste qui avoit amené Mylady. M. Growell dit qu'il prêteroit sa voiture à son amie, le lendemain,

pour

pour retourner chez elle, et qu'elle rame-
neroit Aurea.

Le jour suivant n'ayant apporté aucun changement dans l'état de mistress
Growell, Mylady voulut absolument
lui servir de garde-malade; elle passoit
les journées assise à côté de son lit, et
les nuits elle se couchoit sur un canapé,
dans la même chambre. Un attachement
aussi sincere excita la sensibilité de
mistress Growell, des larmes couloient
souvent de ses yeux. — Vous êtes un
ange, lui disoit-elle; ah! pourquoi tous
les cœurs ne ressemblent-ils pas au vôtre? — Oubliez-vous, mon amie, que
depuis quatre ans vous avez passé votre
vie à me donner des preuves d'amitié
si fortes que je ne serai jamais à même
de vous en marquer ma reconnoissance?

Il y avoit une semaine que Mylady
étoit à Sumptuous-Castle, et son amie
continuoit à souffrir des maux inouis.
Le chirurgien paroissoit surpris qu'une

blessure, profonde à la vérité, mais qui n'étoit dangereuse que par l'endroit où elle étoit placée, ne donnât aucun repos à la malade. Il venoit de monter à cheval, pour aller passer deux ou trois heures chez lui. M. Growell étoit avec Mylady auprès du lit de sa femme, quand la porte s'ouvrit, et que trois personnes entrerent en faisant des exclamations de joie. En une seconde Mylady se trouva pressée sur le sein de son époux, et vit en même-tems sa fille Henriette se précipiter à ses genoux. Tant de bonheur lui ôta le pouvoir de l'exprimer, elle ne put que tendre les bras aux deux objets chéris qu'elle espéroit si peu de revoir. M. Growell avoit eu aussi sa part de surprise, mais il conserva assez de sang-froid pour être en état de témoigner à son ami le plaisir qu'il éprouvoit à le retrouver. Mistress Growell, dont la foiblesse étoit extrême, n'avoit poussé qu'une légere exclamation. — Tu m'es donc

rendu, dit enfin Mylady, oh! mon
bien-aimé, quel excès de félicité! Et
toi, mon Henriette, que j'ai tant et si
souvent pleuré, te voilà revenue dans
le sein de ta tendre mere! Viens, ma
fille, c'est sur mon cœur, et non à mes
pieds, que ta place est marquée.
— Chere Lucretia, dit Mylord, j'a-
mene avec moi ma justification, voilà
celui qu'on m'accuse d'avoir assassiné.
— Monsieur Grimsby, s'écrierent ensemble Mylady, M. et mistress Growell! — Lui-même, dit le Capitaine,
en avançant quelques pas. Les rideaux
des fenêtres étant fermés, la chambre
étoit sombre, ce qui avoit empêché
qu'on ne reconnût M. Grimsby. D'ailleurs, l'apparition subite et inattendue
de Mylord, avoit fixé l'attention générale. — Quelle surabondance de bonheur, dit M. Growell, en embrassant
son ami et le Capitaine, le ciel, je le
vois, n'abandonne jamais l'innocence,
c'est aux coupables seuls à trembler,

ils ne peuvent échapper à la justice divine et humaine. — Ce que vous dites, monsieur Growell, reprit le Capitaine, est une grande vérité.

Mylady, étonnée du silence de son amie, se tourna de son côté pour en recevoir des félicitations; mais quel fut son effroi en appercevant ses draps teints de sang. Elle se précipite vers le lit, et voit que la blessure de mistress Growell s'est r'ouverte, et que le sang en sortoit avec impétuosité, elle s'écrie, on s'empresse d'arrêter une effusion qui peut entraîner la vie de la malade. Après beaucoup de peine, on parvint à replacer l'appareil; cependant, mistress Growell étoit sans connoissance; par le secours des eaux spiritueuses, on la lui rendit, mais son esprit étoit entiérement aliéné; elle battoit la campagne, et ne prononçoit que des mots effrayans, tels que la mort, les supplices, l'échafaud, le fer, le poison. Son mari, épouvanté, sortit en entraînant tout le monde loin de cette scène de douleur et d'effroi.

Rendu dans un autre appartement, M. Growell demanda à son ami des détails sur tout ce qui lui étoit arrivé depuis sa disparition de la prison d'Hawfield. Mylord, autant pour satisfaire à sa demande qu'au desir de Mylady, dont il lisoit l'impatience dans les yeux, se hâta de faire le récit de toutes ses souffrances. Je ne répéterai pas au lecteur, les événemens qu'il a, ainsi que moi, suivis pas à pas, mais je continuerai, par la bouche de Mylord, le détail des raisons qui l'ont engagé à s'échapper, avec sa fille et le Capitaine Grimsby, de la chambre souterraine où ils étoient retenus, et la manière dont ils s'y sont pris pour effectuer leur fuite.

« D'après les demi-mots du vieillard, continua Mylord, je vis clairement qu'il étoit l'agent en chef que mes ennemis employoient, il me sembla aussi entre-

voir qu'il éprouvoit, si non des remords
dont les scélérats ne ressentent guere
l'atteinte qu'à l'article de la mort, du
moins de l'impatience et de l'ennui,
qu'enfin il étoit fatigué de ses crimes.
Dès qu'il nous eut quitté, je fis part à
M. Grimsby et à ma fille, de mes obser-
vations, ils jugerent comme moi, et
nous résolûmes de tâcher de tirer de
lui, à sa premiere visite, plus d'éclair-
cissemens. L'occasion s'en présenta le
lendemain, il vint seul apporter nos
alimens; comme il parle volontiers, il
ne nous fut pas difficile de renouer
l'entretien de la veille. En multipliant
nos questions avec l'air de la plus grande indifférence, nous parvînmes à en-
dormir sa prudence. Il s'emporta contre
la providence, qui détruisoit les plans
les mieux combinés. — Par exemple,
ne nous a-t-elle pas joué le mauvais
tour de faire arrêter la grande roue de
notre industrieuse machine; vous com-
prenez bien, ajouta-t-il en souriant,

que je parle au figuré. — Oh! oui, dit
monsieur Grimsby, comme s'il eut été
inspiré, j'entends, Evan a eu la maladresse de se laisser prendre. Le vieillard eut d'abord l'air effrayé. — Qui
vous l'a dit; et sans attendre notre réponse, il continua. — Ma fille, sans
doute. Nous fîmes un signe affirmatif.
— La pauvre femme! sa douleur est si
forte, que je crois qu'elle en perdra
l'esprit; au reste, elle est excusable,
elle aime son fils avec idolàtrie, j'ai
prévu, moi, tout ce qui arrive; et quoiqu'Evan fut mon petit-fils, je ne l'ai jamais aimé, je conviens que se croyant
fils d'un homme gorgé d'or, il ne pouvoit avoir de respect pour un domestique de son pere; mais, ma fille, qui
est sa mere, fut sa nourrice; il lui devoit, au moins de l'attachement, ne
fut-ce qu'à ce seul titre. En ce moment
l'autre homme parut. — Venez donc,
mon pere, dit-il avec impatience. Le
vieillard nous quitta précipitamment.

Le soir le fils vint tout seul. Nous lui
témoignâmes le desir de voir son pere.
— Il est absent, nous répondit-il, et il
ne reviendra que demain. Nous savions
déja que la femme n'étoit pas à la maison, l'occasion étoit favorable. Je re-
gardai le Capitaine, qui me fixoit, nos
yeux nous servirent d'interprêtes, et
d'un mouvement spontané, nous nous
jettâmes sur notre geolier. Henriette
déchira les draps, nous nous en ser-
vîmes pour le garotter. Dès qu'il ne
put bouger, nous lui prîmes les clefs
de la maison. Nous n'avions aucune appréhension qu'il appelât à son secours,
il avoit intérêt à se tenir caché; enfin,
nous sortîmes de notre cachot et de la
maison, sans obstacle. Au lieu de nous
rendre à Milborn-Hall, je crus devoir
venir ici, afin que ma chere Lucretia
fut prévenue par l'amitié de notre arrivée. Je craignois de lui causer, par
ma présence inopinée, une trop forte
révolution; le hasard a rendu ma pré-

caution inutile, mais heureusement la joie de Mylady a été subordonnée à la raison.

C'étoit au tour du Capitaine Grims-by, à raconter à M. Growell, par quel miracle il sembloit être ressuscité, pour rendre l'honneur à son ami et à sa famille. Il répéta ce qu'il avoit dit à Mylord, au moment où ils se rencontrerent dans la chambre souterraine. Quand il eut terminé, monsieur Growell exhala son indignation par de terribles imprécations contre le misérable Evan, se reprochant comme un crime l'attachement aveugle qu'il avoit eu pour lui, quand il le croyoit son fils.

Comme les vêtemens d'Henriette et de son pere pouvoient ressembler à un déguiseemnt, (on doit se souvenir qu'en entrant dans la prison, où leurs ravisseurs les avoient conduits, ils furent forcés de se couvrir d'habits de paysans), la prémicre femme de mistress Grovell eut ordre de procurer

* *

une robe et tout ce qui pouvoit être nécessaire à Henriette. Mylord passa dans
l'appartement de son ami, et fit aussi
une toilette.

M. Growell sortit, et Mylady resta
seule avec M. Grimsby.—Que je plains,
lui dit-elle, nos vertueux amis, d'avoir
échauffé si long-tems un reptile véni-
meux dans leur sein ! Quel monstre,
Capitaine, que cet Evan ! — Il n'est pas
seul, Mylady, le moteur de tant de
crimes, je veux aider mylord Milborn
à lever le voile épais qui couvre depuis
si long-tems les coupables. Déja l'obs-
curité commence à s'éclaircir : bientôt,
je l'espère, on verra assez distincte-
ment, pour concevoir plus que des
soupçons. — Plût à dieu qu'il devînt
possible de voir renaître la tranquillité
et le bonheur parmi nous !

Tout le monde s'étant réuni, Mylady retourna près de son amie. Le chirurgien étoit de retour : il s'affligea
d'autant plus de l'accident arrivé à mis-

tress Growell , qu'il trouva sa blessure
dans un très-mauvais état. La malade
avoit recouvré la raison , mais elle avoit
perdu toutes ses forces , à peine pou-
voit-on entendre ce qu'elle articuloit
avec d'incroyables difficultés ; la vue
de Mylady parut lui causer de l'agitation : le docteur , qui s'en apperçut ,
l'engagea à s'éloigner pour quelques
instans , alléguant que mistress Growell
avoit besoin de repos, et qu'il la croyoit
disposée au sommeil. Mylady passa dans
le salon, qu'on quitta bientôt pour s'aller
mettre à table.

Sitôt après dîner , Mylord pria son
ami de lui prêter une voiture et des
chevaux , pour se rendre avec sa famille et le Capitaine Grimsby à Pervious-
House. Sa femme lui avoit appris que
Milborn-Hall ayant été compris dans
la confiscation , elle s'étoit retirée dans
une petite maison qu'elle louoit. — J'ai
prévu votre demande , répondit M.
Growell, mais je viens d'apprendre que

ma berline est à raccommoder, et ne
peut être prête que demain matin ; mon
fils Gidéon est parti dans mon carrosse
coupé, en sorte que je ne pourrois vous
offrir, pour le moment, que des chevaux. — Le Capitaine et moi pourrions
nous en contenter, mais Mylady et Henriette ont, comme vous savez, une sin-
gulière appréhension à monter à cheval. — Ce retard, dit Mylady, me fait
d'autant plus de plaisir, que j'espère
laisser demain mon amie mieux qu'elle
n'est aujourd'hui. — Et moi, reprit Mylord, je ne vous cache pas qu'il me con-
trarie, j'aurois voulu passer cette nuit
dans ma famille, et demain, de bonne
heure, me rendre à la prison de Hawfield, car il manque à ma justification
la connoissance du meurtrier du concierge. — Quoi ! mon ami, vous irez
vous constituer prisonnier ? — Il le
doit, dit précipitamment M. Grimsby,
et mon intention est de l'accompagner,
et de ne plus le quitter jusqu'à sa com-

plète réhabilitation dans tous les droits d'homme et de citoyen. — Combien je vous admire, reprit M. Growell, quel orgueil j'éprouve de pouvoir me dire votre ami ! Cependant, permettez-moi une observation, les lois autorisent la facilité des cautions, souffrez que je sois la vôtre, alors vous n'éprouverez pas l'odieux désagrément d'être encore dans ces horribles lieux, où vous avez passé de si cruels momens. — Je vous remercie mille fois, mon digne ami, mais je ne puis; je dirai plus, je ne dois pas accepter votre offre ; il faut que le public sache que je suis venu, de ma propre volonté, me remettre sous les verroux de la justice.

Il fut décidé qu'on partiroit le jour suivant à six heures du matin, le reste de la journée se passa à disserter sur tous les événemens survenus depuis quatre ans. — M. Growell ne cessoit de répéter qu'il ne falloit ménager ni argent, ni démarches pour découvrir les auteurs d'aussi énormes forfaits. — Puisez dans ma bourse, mon ami, toute ma fortune ne sauroit être mieux employée qu'à servir l'innocence et la vertu persécutées ; Henriette se livroit peu à la conversation, il lui peinoit de voir retarder le moment d'embrasser sa sœur ; en outre, elle gémissoit du départ d'Alfred que sa mere lui avoit appris, et de l'incertitude où l'on étoit sur son sort : M. Grimsby fut aussi très-silencieux, et à la remarque qu'en fit M. Growell, il répondit que les blessures qu'il avoit reçues l'avoient réduit à un état de foiblesse qui lui rendoit pénible la plus légère fatigue ; cette raison fut cause qu'on se retira de bonne heure, Mylady entra encore chez mistress Growell, mais, comme on lui dit qu'elle sommeilloit, elle ne s'y arrêta pas, et fut retrouver sa fille, avec qui elle passa la nuit.

Le lendemain, à six heures du matin, le bruit que fit la voiture en approchant

de la porte, fit descendre la famille Mil-
horn. M. Grimsby étoit déjà dans la
bibliotheque avec M. Growell : après
le déjeûner , on monta dans la berline, et l'on partit.

Pour aller à Pervious-House par la
voie la plus courte , il falloit traverser
une bruyère entièrement découverte.
Quand les voyageurs furent à-peu-près
à moitié chemin , ils virent sortir d'une
cabane isolée, située sur le côté et à
cent pas de la route , quatre hommes
en habits de chasse et portant des fusils. — Voilà des chasseurs qui sont de
bonne heure en campagne , dit Henriette qui les apperçut la premiere :
Grimsby tourna la tête , et dit d'une
voix forte et concentrée. — Ce ne sont
pas des chasseurs , Mylord, nous sommes trahis. Parmi ces quatre individus
je reconnois le vieillard et son fils. —
Juste ciel ! s'écrie Henriette , Evan est
aussi du nombre , je le distingue d'ici.
— Et nous sommes sans armes , dit My-

lord ? — Dieu tout-puissant, dit alors
Mylady en joignant les mains, protège
mon époux et ma fille. Durant ce court
dialogue les chasseurs s'étoient imper-
ceptiblement approchés. Les postillons,
sans défiance, alloient toujours le même
train ; Grimsby baissa la glace de devant, et leur cria de mettre les chevaux
au galop, ce qu'ils firent sur le champ ;
un coup de fusil lâché sur un des postillons, qui l'abattit, fut un aiguillon pour
les chevaux qui ne se sentant plus gui-
dés, prirent le mors aux dents. Vainement les prétendus chasseurs tirèrent
sur eux, dans l'espoir de leur casser les
jambes, ils étoient déjà hors de la portée du fusil ; le second postillon faisoit
d'inutiles efforts pour arrêter les fougueux animaux, il fut obligé de se res-
treindre à tâcher de sauver sa vie en
se précipitant à terre le plus loin qu'il
pourroit. Il eut le bonheur de réussir ;
sa chûte ne lui causa que quelques meur-
trissures.

Dès qu'il se fut relevé, il jetta un regard douloureux sur la voiture qui continuoit à voler à travers les ronces et les buissons ; bientôt il la perdit de vue, en se retournant, il vit les quatre scélérats qui rentroient dans la cabane d'où ils étoient d'abord sortis. Il n'en fut pas remarqué, et il s'acheminoit tristement vers Sumptuous-Castle quand il apperçut trois hommes venir de son côté. En les approchant, et les voyant armés de fusils, il les joignit, et leur demanda s'ils auroient le courage de l'aider à arrêter quatre brigands qui, après avoir assassiné son camarade, venoient de se réfugier dans le lieu qu'il leur indiqua du doigt.— Nous remenions Mylord et Mylady Milborn à Pervious-House, ajouta-t-il, quand ils nous ont attaqués. — Mylord et Mylady Milborn, s'écrièrent ensemble les trois hommes, où sont-ils ? — Nous ne pourrions les atteindre, dit le postillon, mais, du moins tâchons de les venger en exterminant

les misérables parmi lesquels, je suis
bien trompé, si je n'ai reconnu l'infâme
Evan qui étoit en prison à Hawfield
depuis huit ou dix jours. — Mon ami,
dit un des inconnus, voilà deux pistolets chargés, réunissez vos efforts aux
nôtres, et nous sommes sûrs de la vic-
toire. Ainsi disposés, ils prirent un sen-
tier qui conduisoit à la chaumiere où
ils arriverent en peu de minutes.

CHAPITRE XXXII.

QUAND Miss Wilson et Mistress Milborn quitterent Londres, la premiere
emportoit une lettre de recommanda-
tion d'une de ses amies pour un fermier
de Glimmering, hameau situé à deux
milles de la ville de Godalming, dans
la province de Surry. Elles y furent par-
faitement reçues, l'honnête Cecil étant
le fils d'un ministre, avoit eu une édu-
cation au-dessus de celle qu'on donne

ordinairement aux villageois. Sa conversation étoit habituellement joviale, cependant, il possédoit un cœur extrêmement sensible, son épouse étoit franche,
bonne et généreuse. Unis depuis vingt
ans, ce couple estimable n'avoit ressenti
d'autre chagrin que celui de n'avoir pas
d'enfans.

Master et mistress Cecil s'attacherent
bientôt aux deux dames , et principale-
ment à Clara. Miss Wilson remarqua
la préférence qu'on donnoit à son amie,
et n'en fut pas jalouse, c'étoit, au contraire , la flatter par l'endroit le plus
sensible.

Il y avoit à-peu-près six semaines ou
deux mois que mistress Milborn et
son amie habitoient la ferme de Glimmering , quand Master et mistress Cecil furent invités d'une petite fête don-
née par le frere aîné du fermier , vicaire
d'un gros village peu éloigné de Glimmering , à l'occasion du mariage d'une
de ses filles. Mistress Cecil ne consentit

à y aller qu'à condition que les aimables
étrangeres seroient de la partie. Le vicaire vint lui-même prier les dames,
qui ne purent se refuser à une invitation faite avec tant d'instance.

L'assemblée étoit nombreuse et assez
brillante pour la campagne. Une grande
partie des gentilhommes du voisinage
n'avoient pas dédaigné de s'y trouver,
et leurs femmes, suivant l'usage, s'é-
toient empressées de se parer de leurs
plus élégans atours. Quand Clara entra,
accompagnée de son amie et de ses
hôtes, tous les yeux se fixerent sur elle;
son vêtement de grand deuil, contras-
tant avec la blancheur et la fraîcheur de
son teint, sembloient y ajouter des
charmes, à l'exception d'une légere
teinte de jalousie qui se plaça dans les
regards curieux de quelques femmes,
il n'y eut qu'une opinion sur le compte
de la jolie veuve. Son air modeste, ses
graces, et surtout son intéressante lan-
gueur, qui annonçoit une ame inquiete,

tout excita, dans la société, l'admira-
tion et le desir de connoître la nouvelle
arrivée.

Clara et miss Wilson se fixerent dans
la salle, où il y avoit le moins de monde.
Elles y furent suivies par quelques personnes, et nommément par un cavalier
qui, depuis que mistress Milborn avoit
paru, sembloit avoir rivé ses yeux sur
elle. Clara l'avoit remarqué, c'étoit
même une des raisons qui l'avoit décidée à se réfugier dans la chambre la
plus reculée. Étonnée, et fâchée de se
voir ainsi poursuivie par des regards
qui la gênoient horriblement, elle proposa à miss Wilson de descendre au
jardin, et lui dit le motif qui lui faisoit
desirer de sortir des appartements.
Miss Wilson jetta un coup d'œil sur le
cavalier, et vit qu'effectivement il regar-
loit beaucoup Clara, mais c'étoit d'une
manière si décente, et même si timide,
qu'elle gronda son amie de s'en scanda-
liser. — Je démêle, ajouta miss Wilson,

moins de curiosité dans les yeux de ce
jeune cavalier , que d'inquiétude , on
diroit qu'il cherche à se rappeller vos
traits. — Il me semble , répondit Clara ,
que sa figure ne m'est pas entierement
inconnue. Certainement , je l'ai déja
rencontré quelque part ; elles s'entretenoient ainsi , en traversant les salles ,
pour aller gagner le jardin. Le cavalier ,
qui crut qu'elles s'en alloient , s'enhar-
dit , et osa les joindre en leur deman-
dant si elles seroient assez cruelles pour
priver sitôt l'assemblée du plaisir de les
voir. — Nous ne partons pas encore ,
dit miss Wilson , et ne voulons que
faire un tour de jardin. — Puis-je , sans
m'exposer à paroître indiscret, solliciter
la permission d'accompagner ces dames?
Une révérence fut leur réponse , il la
prit pour un consentement. Malgré
l'empressement que Clara mettoit à le
fuir , elle ne put se défendre de prêter
attention à tout ce qu'il disoit, il avoit
tant de grace et de facilité à s'exprimer,

qu'il étoit presqu'impossible de l'écouter
sans une espèce d'intérêt. Tout en cau-
sant et se promenant, Clara perdit le
souvenir qu'elle n'avoit proposé à son
amie de descendre au jardin, que pour
éviter l'homme qui, en apparence, ne
s'occupoit que d'elle. L'inconnu, profi-
tant de la bonté qu'on avoit eu d'agréer
sa compagnie, osa faire quelques questions, il s'informa si Clara n'avoit jamais été dans la province de ***. Elle
rougit, et répondit que son pere y demeuroit, il prononça à demi-voix le
nom de Sumptuous-Castle. Clara éprou-
vant un redoublement d'embarras, dit
que c'étoit le château habité par sa famille. — Ainsi, ajouta le jeune homme,
d'un ton encore plus bas, c'est à miss
Clara Growell à qui j'ai l'honneur de
présenter mon respect. — Mon amie,
dit miss Wilson, en prenant la parole
pour soulager Clara, dont elle voyoit
la gêne, se nomme aujourd'hui mistress Milborn.(L'inconnu pâlit), et, con-

tinua-t-elle, a eu le malheur de perdre
son mari il y a quelques mois. Ici des
larmes baignerent les yeux de Clara, et
quoique le jeune cavalier eut l'air de
sympathiser avec sa douleur, un obser-
vateur indifférent eut pu remarquer un
changement subit qui s'étoit opéré sur
son visage. Miss Wilson, affectée du
chagrin de son amie, chercha à la dis-
traire, en donnant un autre tour à la
conversation, mais ses efforts furent
inutiles ; les questions de l'inconnu
avoient ramené la malheureuse Clara
à l'époque où nulle peine d'aucun genre
ne troubloit sa tranquillité, et retrace-
rent à son esprit les maux affreux qui
furent la suite, et, sans doute, la pu-
nition de sa désobéissance aux ordres
de son pere. La réponse de miss Wilson
ensuite replaça devant ses yeux la mort
funeste de celui qu'elle avoit tant aimé,
et qui en étoit si peu digne. Ce conflit
de réflexions ameres provoqua sa douleur, au point qu'elle ne put retenir de
déchirans

déchirans sanglots. Son amie la prit
dans ses bras, et aidée de l'inconnu, elle
parvint à la conduire à un banc de ga-
zon situé dans un bosquet couvert. Dès
qu'elle y fut placée, le jeune homme
posa un genou à terre, et dans l'atti-
tude d'un accusé qui attend qu'on pro-
nonce sur son sort, il conjura l'intéressante veuve de lui pardonner le malheur qu'il avoit eu de renouveller, par
ses indiscrettes demandes, une affliction qui lui perçoit le cœur. — Oh !
vous, dit-il, qui êtes depuis près de
quatre années l'objet de mon adoration,
vous que je ne cesserai d'aimer qu'en
cessant d'exister, veuillez jeter un regard de compassion sur l'homme dont
vous avez, sans le vouloir, fait le malheur éternel, voyez, dans celui qui se
prosterne à vos pieds, l'infortuné George Modbury, qui n'eut, dans toute sa
vie, qu'un instant de bonheur, celui où on le flatta d'obtenir votre
main, souvenir si doux et si cruel.

Tome II. 6

Oh! Madame, que ne suis-je mort en emportant avec moi l'idée que vous ne rejetteriez pas mes vœux! je ne vous parlerai pas de mon désespoir, en apprenant que vous étiez perdue pour moi, ce seroit vous fatiguer et abuser de la bonté que vous avez eue de m'écouter, mais, du moins, daignez me dire que vous me pardonnez. Clara avoit écouté George sans l'interrompre. Quand il eut fini de parler, elle leva sur lui ses yeux, qu'elle n'avoit cessé de couvrir de son mouchoir. L'air pénétré du jeune homme, sa posture suppliante, joignez à cela une figure charmante, ce tout ensemble inspira plus que de la pitié à la triste veuve, elle se sentit portée d'intérêt à consoler George. — Levez-vous, je vous prie, monsieur Modbury, lui dit-elle avec douceur, je pourrois me trouver choquée de votre brusque, et je dois ajouter très-déplacée déclaration, mais je me rappelle que vous fûtes le choix de mes parens,

et qu'ainsi vous méritez mon indulgence. Pour pouvoir apprécier la mo-
dération que je vous montre, jettez un
coup-d'œil sur mon lugubre vêtement,
il vous dira qu'il est plus qu'indiscret
d'oser parler d'amour à celle qui verse
chaque jour des pleurs sur la perte la
plus terrible qu'une femme puisse faire.
— J'ai tort, je suis coupable, et votre
bonté rend mes remords plus poi-
gnans; mais, Madame, n'est-il pas de
pardon pour l'homme que le désespoir
égare? J'ai tant souffert, mon pauvre
cœur est si froissé, que ma faute est
digne de compassion. Clara, sans répondre, se leva, prit le bras de miss
Wilson, et s'achemina lentement vers
la maison. George suivoit tristement.
Arrivé à la porte, il vouloit et n'osoit
offrir sa main; Clara vit son embarras,
et lui présenta la sienne, en continuant
à tenir le bras de son amie. — Je connois le fermier Cecil, dit George
avec timidité, souvent il a reçu ma vi-

site , dois-je fuir sa maison parce
qu'elle est habitée par un ange ? — Je
n'ai aucun droit pour empêcher les connoissances de M. Cecil de venir le
voir , et l'estime qu'il m'inspire doit nécessairement rejaillir sur ses amis. George osa poser ses lèvres sur la main de
Clara, elle la retira précipitamment. —
Monsieur Modbury, lui dit-elle, se-
riez-vous du nombre des gens qui abu-
sent de trop d'indulgence?—Oh! non
non, jamais, Madame, vous n'aurez un
reproche semblable à me faire. — Je le
crois et le desire.

En rentrant, mistress Cecil vint au
devant de Clara, pour lui demander si
elle se sentiroit le courage de retourner à pied à Glimmering. — Non-seulement le courage, mais la force. — En
ce cas, nous partirons quand vous voudrez. — A l'instant même. Elles prirent
congé du vicaire et de sa famille, et se
mirent en chemin. M. Cecil étoit resté
pour parler d'affaire à un cultivateur

avec lequel il avoit des intérêts à ré-
gler, mais il tarda peu à rejoindre les
trois dames. On fut fort étonné de le
voir arriver avec George. — Voilà,
dit-il, en les abordant, M. Modbury,
que j'ai, en quelque maniere, forcé de
venir avec moi. Mistress Milborn et
miss Wilson, je vous le présente comme un jeune homme qui mérite qu'on
le distingue de la foule des étourdis du
siecle, maître absolu de ses actions et
de sa fortune, puisqu'il a eu le malheur
de perdre son pere l'an dernier, il a su
se concilier l'estime et l'amitié des personnes honnêtes. Au reste, ne croyez
pas, qu'en vantant sa précoce matu-
rité, je prétende vous persuader qu'il
n'a aucune des qualités de la jeunesse
aimable, au contraire, vous trouverez,
dans sa société, la gaîté la plus soute-
nue, excepté quand il se livre à ses tris-
tes réflexions; ajoutez à cela l'avantage
de posséder quelques talens agréables,
et vous conviendrez que je ne suis pas

malheureux d'avoir obtenu son amitié.
George avoit la modestie qu'ont ordinairement les hommes doués d'un véritable mérite, il le prouva par sa réponse aux éloges de M. Cecil.

Les visites de M. Modbury à Glimmering, devinrent de plus en plus fréquentes. Clara, loin de les trouver im-
portunes, trouvoit une certaine douceur à bien accueillir l'homme que son
pere lui avoit destiné, et souvent il lui
arrivoit de dire à son amie. — Si j'eusse
connu George avant Godwin, ma vie
se seroit écoulée dans une douce et
agréable tranquillité. L'attachement que
M. Modbury témoignoit au petit Godwin, excitoit les larmes de sa mere, et
alors elle pensoit, en rougissant, que
George eut été aussi bon pere que bon
mari.

Des dispositions qui commençoient
à se manifester dans le cœur de mistress
Milborn, à l'amour, il n'y avoit qu'un
bien léger intervalle. — Elle avoit donc

déja oublié Godwin, m'observera, sans doute, le lecteur? — Là où l'estime ne vit plus, l'amour vertueux ne sauroit subsister. La conduite de Milborn, depuis son mariage, avoit été si digne de mépris, que Clara pleuroit plus sur la mort du pere de son enfant, que sur celle de son époux.

Miss Wilson s'appercevoit avec joie de l'heureux changement qui s'opéroit dans le cœur de son amie, cependant, avant de lui laisser voir qu'elle avoit deviné son secret, elle voulut donner à George le tems de mériter le bonheur qui sembloit se préparer pour lui. Ce jeune homme étant du petit nombre de ceux qui gagnent à être connus, miss Wilson étoit la premiere à l'engager à venir souvent à la ferme. Une aussi flatteuse invitation donna à George la hardiesse de parler ouvertement à l'amie de Clara, de ses sentimens pour cette derniere. S'il n'en reçut pas une certitude que ses vœux se-

roient, cette fois, agréés, du moins
eut-il un grand espoir de parvenir un
jour à la félicité suprême.

Il y avoit plus d'une année que Godwin Milborn étoit mort , la décence
permettoit qu'on osât faire des proposi-
tions à sa veuve , celles que fit Modbury , ne parurent ni choquer Clara ,
ni même lui être désagréables. — C'est
à mon pere , lui dit-elle, à dicter ma réponse. — En ce cas, Madame, je pars
demain pour Sumptuous-Castle. L'empressement de George ne déplut pas à
mistress Milborn, elle le lui prouva par
un sourire. Le jour suivant, le jeune
homme se mit en route.

CHAPITRE XXXIII.

En quittant Gideon Growell à la fin du vingt-neuvième chapitre, je l'ai laissé entre les mains d'une femme qui lui montra une espèce d'humanité qu'il ne devoit guère s'attendre à trouver parmi des geoliers.

Les deux hommes qui l'avoient arrêté et conduit dans le cachot où il étoit, loin d'avoir pour lui des égards, s'étoient comporté de la manicre la plus grossieré et la plus dure. Il dut donc être doublement surpris de la sorte de douceur de la femme qui fut chargée de sa garde.

Pendant les premiers jours, cette femme se contentoit de lui apporter ce dont il pouvoit avoir besoin, et, malgré les instances du jeune Growell pour prolonger ses visites, elle ne vouloit consentir à rester que le tems d'appro-

★ ★

prier sa chambre. Par la suite, elle ne
se refusa pas à s'asseoir et à causer avec
lui. Quoique dénuée d'esprit et d'édu-
cation, le prisonnier trouvoit une grande distraction à pouvoir parler avec
elle ; d'ailleurs, il espéroit, en témoi-
gnant à sa geoliere beaucoup d'amitié,
d'obtenir sa confiance et de tirer d'elle
l'aveu du motif qui le retenoit captif ;
plusieurs fois il lui étoit venu à l'idée
que c'étoit son pere, qui voulant l'empêcher d'épouser Ancelina, avoit ima-
giné de le séquestrer du monde jusqu'à
l'établissement de celle qu'il aimoit.
L'ordre de repartir lorsqu'il ne faisoit
que d'arriver, le soin qu'on avoit mis
à ne pas le quitter de vue; et par-là,
faire ensorte qu'il ne pût questionner
aucuns domestiques. Le silence scrupu-
leusement gardé sur ce qui avoit rapport à la fille aînée de mylord Milborn,
les réponses peu satisfaisantes de John,
quand, dans le commencement du
voyage, il lui avoit demandé quelques

détails, toutes ces circonstances réunies, et que son esprit lui présenta, semblerent devoir être une confirmation de ses soupçons.

Quand sa gardienne quittoit son cachot, Gideon avoit remarqué qu'elle ne descendoit pas sur le champ l'escalier, souvent même, il ne l'entendoit s'éloigner que plus d'une heure après l'avoir laissé : curieux de savoir ce qui pouvoit l'occuper si long-tems dans le petit corridor qui conduisoit chez lui , il prêta une oreille attentive au trou de la serrure. Un soir qu'elle s'étoit retirée presque tout de suite ; ce jour là , elle lui avoit paru plus silencieuse et plus triste que de coutume , il l'entendit tourner une clef, et ouvrir une porte. Le son d'une voix différente parvint jusqu'à lui, mais il ne put distinguer les mots qu'elle prononçoit , il avoit eu à peine le tems de faire à ce sujet quelques réflexions , quand il entendit encore ouvrir et fermer une porte. — Il est clair,

dit Gideon, que je ne suis pas seul ici.
Ah! s'il m'étoit possible d'aller jusqu'à
mon compagnon d'infortune, nous
pourrions réunir nos expédiens et nos
forces, pour parvenir à briser nos fers.
Il passa la nuit à chercher des moyens
qu'il ne réussit pas à trouver.

Il ne faisoit qu'à peine jour, quand
il lui sembla qu'on ouvroit sa porte.
Etonné, il demanda. — Qui est là?—
Soyez sans crainte, lui répondit-on ; il
reconnoît la voix de sa gardienne, mais,
à la foible lueur du crépuscule qui perce
à travers sa haute et étroite fenêtre,
il n'apperçoit qu'un homme qui s'approche de son lit. —Levez-vous, Gideon, et venez avec moi. Le jeune Growell ne peut plus douter que ce ne soit
sa geoliere, vêtue d'habits d'un autre
sexe. Gideon, espérant qu'il va être
libre, ne fait aucune question, se leve,
et s'habille à la hâte : dès qu'il fut prêt,
la femme le prit par la main et le fit
sortir de la chambre, qu'elle ferma à

133)

la clef. A dix pas, dans le corridor, elle
s'arrêta à une autre porte, l'ouvrit, et
entra avec son prisonnier dans un cachot semblable au sien. Après lui avoir
donné une chaise, elle s'avança vers le
lit, et répéta les mêmes paroles qu'elle
avoit dites au jeune Growell. — Levez-
vous, et suivez-moi. Ici la scène chan-
gea, car, la personne à qui l'invitation,
ou l'ordre s'adressoit, loin d'obéir avec
la même docilité que Gideon, demanda
ce qu'on lui vouloit, et où l'on préten-
doit le conduire. — Je ne bouge pas
d'ici que je ne sache les nouveaux projets des scélérats qui vous commandent.
A peine ce peu de mots étoient-ils pro-
noncés que Gidéon se précipita sur la
couche. — C'est Alfred, s'écria-t-il, en
pressant le prisonnier dans ses bras ?
— Gideon dit Alfred ! car c'étoit effectivement lui ! — Par quel étrange con-
cours de circonstances malheureuses
nous trouvons-nous réunis dans un cachot? — Cette femme, je l'espere, va

satisfaire votre curiosité et la mienne.
— Non pas , s'il vous plaît , dit alors la
geoliere , du moins , pour l'instant , nous
n'avons pas de tems à perdre , il s'agit
de sauver la vie à des personnes qui
doivent vous être bien cheres. Hâtons-
nous , une seule minute peut nous coûter des regrets éternels. Vous allez être
libres tous les deux , continua-t-elle ,
c'est à moi que vous devrez ce bonheur ; mais , il est de la prudence que
je fasse mes conventions, jurez-moi l'un
et l'autre sur l'honneur que , quoique
vous appreniez sur mon compte , vous
oublierez tout en faveur de mon repen-
tir , et du service que je vous rends aujourd'hui ; puis , s'adressant à Alfred ,
vous ne connoissez encore , lui dit-elle,
que la plus légere partie de la reconnoissance que vous me devez. — Nous
jurons, reprit Gideon , tout ce que vous
voudrez. — Cela est trop vague. — Je
fais le serment , dit Alfred , de défendre
votre vie, même aux dépens de la mien-

né. — Assez, mon enfant, je vous crois, et me fie à vous. Alfred se trouvant habillé, ils sortirent tous les trois, après s'être munis de fusils et de pistolets, et prirent le chemin de Sumptuous-Castle. En traversant la bruyere, ils rencontrerent le postillon qui avoit échappé au double danger de l'arme meurtriere des assassins, et à la fureur des chevaux. Ce fut lui qui engagea les trois inconnus à lui prêter la main pour arrêter, ou tuer quatre brigands qui en vouloient à la vie de Mylord, Mylady Milborn et de leur fille Henriette. — Chere Henriette, dit tout bas Alfred, tu es donc retrouvée, ainsi que mon pere, cette certitude va me donner la force d'Hercule.

Les scélérats étoient loin de se douter du danger qui les menaçoit. Tout occupés du coup qu'ils avoient manqué, ils maudissoient à voix haute le sort qui s'étoit joué de leur projet, et cherchoient à trouver, ou les moyens de compléter leur crime, ou celui de fuir.

Arrivés à la porte de la cabane, le postillon, brave et courageux, voulut entrer le premier, Gideon et Alfred ne purent y consentir, ils se présentèrent tous trois ensemble, tenant leurs fusils en joue; la femme, moins aguérie, suivoit. — Bas les armes, misérables, cria Alfred d'une voix terrible, ou vous êtes morts. Le crime est presque toujours lâche, ce ne fut, cependant, pas ici le cas pour tous les individus. Deux se précipitèrent à genoux, et demandèrent grace, mais les deux autres se mirent en devoir de se défendre. Evan en étoit un, les cinq coups partirent en même-tems. Le postillon reçut le sien dans la cuisse, et tomba, les deux supplians furent, l'un tué roide, l'autre griéve-ment blessé. Evan voulut se jetter sur Alfred, qui prévint son approche, en lui lâchant un coup de pistolet, la balle frappa à l'œil droit. Loin de se regar-der comme vaincu, le monstre saute

par-dessus les deux corps étendus à
ses pieds; il tient un poignard à la
main, il est au moment de frapper Alfred au cœur. — Arrêtez, mon frere,
lui crie Gideon, qui ignoroit encore
que les liens de parenté entr'eux n'é-
toient qu'imaginaires. Evan, comme
on le pense, ne tint compte des instances de Gideon, et le vertueux Alfred alloit recevoir la mort. Un des
complices du misérable Evan, étendu
presque sans vie sur la terre qu'il ar-
rose de son sang, saisit la jambé du
forcené, et le fait tomber à ses côtés.
Evan, furieux, plonge son poignard
dans le sein de celui qui a arrêté sa
main homicide. Le malheureux expire
au même instant. Le quatrieme bri-
gand, depuis le coup de fusil qu'il avoit
lâché à la premiere bordée, étoit resté
dans l'inaction, et sembloit n'être que
spectateur dans cette scène de sang.
Tout-à-coup il a l'air de se réveiller, il
se baisse vers l'homme qui rend le der-

nier soupir. — Pauvre Tom, lui dit-il,
ton frere t'a assassiné; plus heureux que
moi et lui, tu n'as plus à craindre les
supplices qui nous attendent. Un mouvement d'Evan fit juger, à Gideon et à
Alfred, qu'ils vouloient se donner la
mort, ils l'en empêcherent, en lui liant
fortement les mains avec les bretelles
de leurs fusils.

La femme déguisée se tenoit éloignée, et ne parloit pas. Les deux jeunes
gens étoient très-embarrassés; que pouvoient-ils faire? Evan rugissoit, et ne
consentoit pas à les suivre, l'autre bri-
gand, à qui on avoit aussi lié les mains,
juroit qu'il ne quitteroit pas ses enfans,
qu'ayant partagé leurs crimes, il vouloit mourir avec eux; de l'autre côté,
pouvoient-ils abandonner le valeureux
postillon, qui ne pouvoit marcher, et
souffroit horriblement? Un coup de fusil, qu'on entendit tirer dans la bruyere, excita leur attention, ils sortirent,
et apperçurent une troupe de chasseurs

à cheval , qui avoient l'air de chercher
quelque chose. Gideon courut à leur
rencontre. — Avez-vous trouvé un
homme que des brigands ont blessé ,
demanda le premier qui fut joint par le
jeune Growell ? — C'étoit , continua-
t-il , un des postillons qui conduisoit
une voiture , dont les chevaux ont pris
le mors aux dents, et que nous avons
eu le bonheur d'arrêter avant qu'il n'ar-
rivât de mal aux voyageurs qui étoient
dedans. Nous venons voir s'il seroit possible de donner des secours au blessé.
Gideon , qui n'étoit pas connu des chasseurs , leur raconta succintement , et
sans nommer personne , la fâcheuse situation où il se trouvoit avec son ami.
— Ainsi , les coquins sont exterminés ,
dit l'étranger , eh bien ! nos gens vont
les conduire au bourg ; et sur-le-champ
on en envoya quatre , qui chargerent
les morts et les blessés sur des chevaux ,
et ils les menerent ainsi chez le juge de

paix du canton. Evan étoit sans connoissance, et on le croyoit mort.

La présence d'Alfred et de Gideon
étant nécessaires pour établir les preuves du délit, ils se rendirent donc aussi
chez le juge de paix, éloigné de douze
milles. Trois des chasseurs les accom-
pagnerent. Après leur avoir fait amener
des chevaux de relai, qui suivoient la
chasse, la femme en homme ne voulut pas encore se montrer comme dé-
nonciatrice. — Je vous promets, dit-
elle à Alfred, dans le cas où mes terribles aveux deviendroient nécessaires,
de me présenter ; mais d'ici-là, permettez-moi d'éviter de me faire connoître, et voyant qu'il ne goûtoit pas
ses raisons : — J'en ai trop fait, lui dit-
elle, pour en rester-là, mon parti est
pris, je n'écoute plus que les intérêts de
ma conscience ; soyez donc certain que,
si je me refuse à me montrer en ce moment, c'est pour mieux vous servir.
Tant que je ne paroîtrai pas ouverte-

ment, les criminels pourront concevoir
l'espoir d'échapper à la justice, et ne
chercheront pas à fuir; d'ailleurs, je ré-
clame, monsieur Milborn, la promesse
que j'ai reçue de vous. La publicité qui
sera mise dans toute cette affaire, ne
vous permettroit pas de suivre vos
bonnes intentions à mon égard, si vous
n'imposiez, avant tout, la condition que
ma grace sera la suite de mes aveux. Si
vous voulez m'en croire, vous ne ferez
aucune mention aujourd'hui de moi.
Vous n'avez autre chose à dire chez le
juge de paix, sinon qu'en allant à Sumptuous-Castle, vous avez rencontré un
homme qui a sollicité votre secours
pour arrêter des scélérats. Laissez parler Evan et son complice, nous nous
reverrons ce soir à Pervious-House,
c'est-là où je vais me rendre de ce pas.
C'est en présence de Mylord et de mylady Milborn que je ferai ma confession
générale. Elle quitta alors la route que
suivoient ceux qui se rendoient à Kip-

scid, pour gagner celle qui devoit la
conduire à Pervious-House, où je la
laisse aller pour accompagner Alfred,
Gideon, et les trois chasseurs, à la maison du juge de paix, sir Thomas Stapleton.

En arrivant, ils trouverent à sa porte
une multitude de peuple assemblé. Alfred et ses quatre compagnons eurent
de la peine à percer la foule; cependant, ils y parvinrent. En entrant dans
la premiere salle, ils virent, d'un côté,
deux corps morts étendus sur le plancher, près d'eux le postillon couché sur
un matelas, et qu'un chirurgien pansoit, de l'autre côté, Evan et son complice assis. Le premier couvroit sa figure
de son mouchoir, moins encore pour
se cacher, que pour retenir, dans l'orbite, l'œil qui lui sortoit de la tête. Le
juge de paix terminoit une affaire, et fit
prier les personnes, qui venoient de se
faire annoncer, d'attendre un instant
dans la salle commune. Après que le

pansement du postillon fut fait, le chirurgien s'avança vers Evan, pour lui rendre le même service, mais celui-ci le repoussa de la main. — Vous ne voulez pas de mon ministere ? il fit signe que non. L'homme de l'art se retira.

Peu d'instants après, on appela les accusés et les témoins relatifs à l'affaire de la bruyere, les trois chasseurs. Gideon, (qui avoit le cœur navré d'être forcé de déposer contre celui qu'il croyoit être son frere, car il n'avoit rien compris aux paroles que le désespoir avoit arrachées au vieillard dans la cabane), Alfred, Evan, et l'autre scélérat, entrerent. Les deux morts et le blessé furent portés, et la salle d'audience tarda peu à être remplie par les curieux qui obstruoient la porte et la rue.

Les dépositions de Gideon et d'Alfred furent simples ; ils se restreignirent dans le court exposé des faits. Les chasseurs ne firent mention que de la ren-

contre d'une voiture, que des chevau
fougueux emportoient à travers mill
dangers, et qu'ils eurent le bonheu
d'arrêter; ajoutant que deux de leur
grooms étoient montés sur les chevau
pour conduire la berline à Pervious
House, où se rendoient les personne
qui l'occupoient.

Le postillon, questionné à son tour
dit qu'il appartenoit à monsieur Gro
well, et que par ordre de son maître
il conduisoit, avec son camarade, My
lord, mylady Milborn, miss Henriett
leur fille, et un nommé M. Grimsby
à Pervious-House. — M. Grimsby, di
rent en même-tems le juge de paix e
Alfred.—C'est le même, reprit le blessé
qu'on avoit dit avoir été assassiné pa
mylord Milborn. Ils sont arrivés hie
ensemble, ainsi que miss Henriette,
Sumptuous-Castle. — Quel bonheur
s'écria Alfred! sir Thomas Stapleton lu
fit signe de ne pas interrompre l'inter
rogatoire; puis s'adressant au postillon
— Continuez

—Continuez, mon ami ; celui-ci rendit compte de ce que le lecteur sait.

Sir Thomas Stapleton demanda à Evan, en l'appellant par son nom, comment il avoit fait pour s'échapper de la prison de Hawfield, où il étoit détenu, (fuite que le juge de paix ignorait encore), et quel motif l'avoit porté à tuer, d'un coup de fusil, un des postillons conduisant mylord Milborn et sa famille. — L'événement a trompé mon attente, répondit-il d'une voix sépulcrale, je destinois la mort aux quatre personnes qui occupoient le carrosse, et pour l'arrêter, je voulois tuer un des chevaux, mon coup ne s'adressant point à ce malheureux valet, c'est ma maladresse qui a fait le mal. — Quelle raison aviez-vous d'en vouloir à mylord Milborn ? — Mille que je ne dirai qu'à la derniere extrémité. Alors, sir Thomas, s'adressant au complice d'Evan : — Qui êtes-vous ? je crois vous avoir déjà vu, mais oui.... C'est vous

.qui vous présentâtes comme témoin à charge dans l'affaire malheureuse de my-lord Milborn ?—C'est la vérité. — Puis-que M. Grimsby existe, vous êtes donc un calomniateur ? — Jugez-en vous-même. — Quels scélérats ! dit entre ses dents sir Thomas Stapleton ! — Sommes-nous ici pour entendre des injures, dit en se levant Evan? Qu'on nous conduise en prison, je suis las de voir des gens qui me déplaisent, d'ailleurs, j'ai besoin de me reposer. Vous pouvez penser que je ne suis guerè à mon aise ; alors, il découvrit sa figure. Toute l'assemblée fit un cri d'horreur ; son œil droit ne tenoit plus qu'à l'aide de quelques filamens, et tomboit sur sa joue, qui dégoûtoit de sang. Sir Thomas détourna la vue avec effroi, et donna sur-le-champ des ordres pour que les deux coupables fussent conduits à la geole d'Hawfield. Le postillon resta dans la maison du juge de paix, ne pouvant être transporté sans

danger. En reconduisant les cinq témoins, sir Thomas Stapleton dit à Alfred, en lui tendant la main : — J'entre-
vois avec plaisir, que l'innocence de
Mylord votre père est à la veille de
paroître dans tout son éclat, croyez
que je ne serai pas le dernier à m'en réjouir, cet Evan est un homme affreux,
et se tournant vers Gideon. — Vous
devez bien vous féliciter, lui dit-il, de
la découverte que Monsieur votre pere
a faite. — Je ne sais, répondit celui-ci,
ce que vous voulez dire. — Quoi! vous
ignorez qu'Evan n'est pas votre frere,
qu'il a assassiné votre mere qui, heu-
reusement, n'a été que blessée, en ve-
nant la nuit chez M. Growell, pour le
voler, et que c'est pour ces délits atro-
ces qu'il étoit dans la prison d'Hawfield, dont, sans doute, il s'est sauvé la
nuit derniere. — Tout ce que vous
m'apprenez, sir Thomas, me cause la
plus grande surprise, j'arrive, je n'ai
pas vu mon pere depuis un mois ou

cinq semaines; mais, Dieu! que je me trouve soulagé! combien je me sentois malheureux de tenir, par les liens du sang, à un homme qui est couvert de crimes. — Allez à Sumptuous-Castle, et l'on vous y confirmera ce que je vous ai dit.

En quittant la maison du juge de paix, les chasseurs se séparèrent des jeunes gens qui, à leur tour, se dirent adieu, avec promesse de se revoir le lendemain. Alfred prit le chemin de Pervious-House, et Gideon celui de Sumptuous-Castle. Mylord et sa famille étant devenus les objets les plus inté-ressans, le lecteur voudra bien accompagner Alfred dans la maison pater-nelle.

CHAPITRE XXXIV.

LA premiere personne qu'Alfred rencontre en arrivant dans la cour, c'est le
bon et fidele Emery, cet honnête serviteur fait un cri de joie. — Oh! dit-il
en courant vers la maison, le plaisir me
fera mourir aujourd'hui; puis, en éle-
vant la voix, il répéta plusieurs fois le
nom d'Alfred. Henriette accourt, elle
voit son frere, et se précipite dans ses
bras. — Mon frere, quel bonheur que
vous soyez de retour en ce moment!
mon pere est ici, nous sommes revenus
avec le Capitaine Grimsby. — Je le
sais, répond Alfred en la pressant sur
son cœur, chere Henriette, que je suis
aise de vous revoir! tous deux entrerent dans la bibliotheque où étoit la famille rassemblée. A la vue d'un objet
si universellement aimé, et si digne de
l'être, on se leve, on l'embrasse, pere

mere, enfans, tous se félicitent de son
retour. M. Grimsby aussi, témoigne
combien il partage le plaisir général.

Depuis deux heures on se rendoit
un mutuel compte de ce que chacun
avoit éprouvé depuis l'impérieuse né-
cessité où l'on s'étoit trouvé de se séparer; l'histoire d'Alfred ne fut pas
longue.

« Je partis d'ici avec le dessein de n'y
revenir qu'avec Mylord et Henriette.
J'étois dans l'état le plus pénible, ma
tête, que je sentois brûlante, ne me
sembloit pas dans son assiette ordinaire; enfin, je croyo's m'appercevoir que
j'étois à la veille de perdre la raison;
mon seul desir étoit de rencontrer
Evan, et de me couper la gorge avec
lui, car je ne doutois pas qu'il ne fût
un de nos persécuteurs; je pensois
bien, comme j'en suis encore persuadé,
qu'il n'étoit pas seul acharné à notre
perte, mais je ne connoissois que lui,
et je voulois venger ma famille ou

mourir. Il me fut impossible d'effectuer mon projet, depuis l'affaire qu'E-
van eut avec le fils du Major Hartwell,
il étoit en fuite, et personne ne savoit
où il habitoit.

» Je cheminois donc tristement, et
abîmé dans mes douloureuses réflexions, la nuit survint sans que je m'en
fusse apperçu. Le bruit des pas de plusieurs personnes, qui paroissoient marcher derriere moi, fixa mon attention,
je m'arrêtai, et appercevant l'ombre de
deux figures, je me dérangeai pour les
laisser passer. Quand elles m'eurent ap-
proché, elles se jetterent sur moi, j'a-
vois des armes, et eus pu me défendre;
mais, comme je vous l'ai dit, j'étois si
absolument hors de moi-même, que je
ne songeois à prendre aucune précaution. Ayant été saisi à l'improviste, il
ne fut pas difficile, aux deux coquins
qui me tenoient, de se rendre maîtres
de tous mes mouvemens; ils m'atta-
chèrent à un arbre, et pendant que l'un

des deux s'absenta, l'autre se tint à une légere distance de moi. En bien peu de tems, celui qui s'étoit éloigné revint avec deux chevaux, on me.plaça sur un, et ils monterent sur l'autre. J'étois dans la plus pénible situation, mes bras et mes jambes étant fortement liés; on m'avoit mis en travers de la selle, comme un balot. Nous ne fîmes guere que trois ou quatre milles; la nuit étant extrêmement obscure, je ne vis ni le chemin que nous parcourions, ni la maison où l'on me conduisoit. On me porta presque sans connoissance sur un lit, où, sans doute, je m'endormis sans avoir recouvré la raison. A mon réveil, je vis, dans la chambre où j'étois, une femme qui avoit l'air de me considérer avec attention, elle prononçoit très-bas, des paroles dont je ne pus entendre qu'une partie. — Pauvre enfant?.. je ne puis te haïr...... te tuer! jamais... presque ta mere.... te sauver la vie.

» Dès quelle s'apperçut que je ne dormois plus, elle s'approcha. — J'ai l'ordre, me dit-elle, de vous ôter la vie ; et me montrant un vase sur la cheminée, voilà la liqueur empoisonnée que je devois vous faire boire, un intérêt que vous trouveriez bien naturel, si vous en connoissiez le motif, me porte à conserver vos jours, mais comme en faisant cet acte d'humanité, j'expose les miens, il est juste que je ne néglige aucun moyen pour vous soustraire à tous les yeux, il faut que vous vous soumettiez à ne me parler que très-bas, quand je viendrai vous apporter ce qui vous sera nécessaire, et que vous me permettiez de consentir à vous cacher dans un lieu secret que je connois, dans le cas où l'on feroit une recherche ici. Je promis tout à cette femme, et elle me quitta, en m'assurant qu'elle ne manqueroit pas de venir tous les jours.

» Je ne puis dire au juste le tems que je restai dans cette ennuyeuse prison ;

mais j'estime qu'il dût s'écouler au moins
quatre mois , quand une nuit je fus réveillé par ma geoliere, accompagnée
de Gideon (1)....................
....

A peine Alfred avoit terminé son
histoire, quand on vint lui dire qu'un
homme demandoit à lui parler ; il sortit , et revint, peu de minutes après ,
avec sa gardienne qui, comme on le
sait, étoit habillée en homme. Dès que
Mylady l'eut envisagée , elle s'écria :
Eh ! c'est Lucy , la nourrice de mon fils
Alfred ! La femme se jetta à genoux. —
Vous ne vous trompez pas, Mylady, et
plût à dieu que je n'eusse jamais eu de
nourrissons ! je serois encore innocente
et heureuse. — Relevez-vous, mistress.
Dispark , c'est ainsi, je crois, que se
nomme votre mari , relevez-vous, et
soyez sûre que , quelque soient vos
fautes, je vous en accorde d'avance le

(1) Ici Alfred rend compte de ce qui a eu lieu
dans le Chapitre précédent.

pardon. Alfred m'a dit qu'il vous devoit
la vie , ce bienfait vous assure de notre
éternelle reconnoissance. — Ah ! Mylady , s'il ne s'agissoit que de fautes, je
serois moins tremblante , hélas! dans
ma confession que je viens vous faire ,
il me faudra avouer des crimes. — Vous
me glacez d'effroi, nourrice ? — Mon
Dieu ! mon Dieu ! que sera - ce donc
quand vous saurez tout. Monsieur Alfred , parlez pour celle qui vous a
nourri de son lait , obtenez de Mylord
et de Mylady qu'ils ne me traduiront
pas en justice.—Nous vous le jurons, dirent ensemble le mari et la femme.

Mylady força mistress Dispark à s'asseoir , elle lui fit apporter un verre de
vin pour lui rendre les forces , et calmer son agitation , puis tout le monde
se disposa à l'écouter :

» L'époque de vos malheurs et celle
de. . . . . .

En ce moment, un domestique vint
avertir de l'arrivée de M. Growell qui

descendoit de cheval dans la cour. —
Au nom du ciel! cachez-moi, empêchez
qu'il me voie, dit la nourrice d'un air
effrayé. Henriette la conduisit précipitamment dans un petit cabinet, elle
n'eut pas le tems d'en fermer la porte
avant l'entrée de M. Growell dans le
salon.

A son abord calme et serein, on jugea
qu'il ignoroit tous les événemens qui
avoient eu lieu depuis le matin. Effectivement, il dit qu'ayant été étonné que
la berline, qui devoit ramener sa fille,
ne fût pas encore de retour, il s'étoit
décidé à monter à cheval pour venir
au-devant d'Aurea, et qu'insensible-
ment il avoit poussé jusqu'à Pervious-
House. Mylady demanda des nouvelles
de son amie. — Elle se trouve beaucoup
mieux, et espere être bientôt assez bien
pour venir remercier Mylady de tous
les soins qu'elle lui a prodigués.

La conversation tomba sur Evan. —
Le bruit court, dit M. Growell, qu'il

s'est échappé de la prison , cet homme est un grand criminel. — Je ne veux pas, dit Mylord, vous cacher plus long-tems les affreux malheurs auxquels My-lady , mon Henriette , M. Grimsby et moi avons échappé ce matin. La crainte de vous affliger de nouveau , m'engageoit à vous en fairé un mystere , mais comme vous le sauriez tôt ou tard , il vaut autant que vous l'appreniez de nous. Alors, il lui raconta comme Evan et trois autres hommes s'étoient trou-vés sur leur chemin , la mort d'un pos-tillon , etc..... M. Growell écoutoit ce terrible récit avec l'air pénétré. — Juste Dieu ! s'écria-t-il , quand Mylord eut terminé, ne daigneras-tu pas, enfin, protéger l'innocence et la vertu ! Mon cher ami, mon cœur est navré de la con-tinuelle série de tourmens dont vous et les vôtres êtes depuis si long-tems les victimes. Prenez courage , je me per-suade que vous touchez au terme de vos maux , oui , j'aime à penser que vos en-

nemis sont à l'instant de succomber ;
nous les connoîtrons, enfin, ces scélérats, avec quel plaisir je les verrois
périr sur l'échafaud, où ils vouloient
vous faire monter. A propos, mon digne ami, êtes-vous toujours dans l'intention de vous constituer prisonnier à
Hawfield, pour faire reviser votre ini-
que jugement? — Dès demain, mon
ami, sans retard, c'est mon invariable
détermination. — Vos amis, en vérité,
ne devroient pas le souffrir, permettez
que je dépose dix mille guinées, le double, le triple, toute ma fortune, si on
l'exige, pour vous servir de caution.—
N'en parlons plus, mon cher Growell,
je vous le répète, rien ne me fera chan-
ger de projet. Le bruit d'un équipage, qui
entroit dans la cour, surprit tout le
monde, qui pouvoit-ce être? on n'attendoit personne, M. Growell parut se
troubler, Alfred sortit pour aller savoir
ce que c'étoit, il fut extrêmement étonné de voir mistress Growell portée par

deux de ses domestiques, elle sembloit prête à expirer. Son fils, Gideon, suivoit tristement, Alfred ouvrit lui-même la porte, et annonça mistress Growell. — Ma femme, dit M. Growell en pâlissant, comment ?.... pourquoi ?... et il retomba sur son fauteuil.

Mylady courut au-devant de son amie, et la fit poser sur un canapé. La moribonde étoit presque sans connoissance. Tout le monde, excepté son époux, s'empressa pour la secourir, elle fut assez long-tems sans revenir à elle, enfin, elle ouvrit les yeux, et, voyant Mylady lui présenter des sels d'un air d'inquiétude et d'anxieté, elle la repoussa doucement. — Respectable femme, lui dit-elle, d'une voix foible, ne prodiguez plus vos délicates attentions à un monstre qui cause depuis plusieurs années tous vos maux ! — Dieu tout puissant ! que dites-vous, reprit Mylady en reculant de quelques pas ? Vous, mon amie, vous un monstre !—Je

ne fus jamais votre amie, et n'ai feint
de la devenir, que pour vous rendre
plus facilement ma victime. — Femme
abominable, s'écrie M. Growell, en se
précipitant sur son épouse, tu n'en di-
ras pas davantage! comme M. Grimsby
ne le quittoit pas de vue depuis son exclamation à l'arrivée de mistress Growell, il le vit s'élancer de dessus son
siege, et eut le tems de l'arrêter au moment où il alloit frapper sa femme, et
de lui arracher un poignard qu'il tenoit
à la main. Vainement il voulut se débar-
rasser du capitaine qui le tenoit fortement au collet. — Au nom de toutes vos
souffrances, dont lui et moi sommes les
moteurs, dit mistress Growell, retenez
son bras meurtrier, empêchez qu'il
m'arrache le peu de vie qui me reste,
avant que j'aie eu le tems de me recon-
cilier avec le ciel, en vous faisant mes
pénibles et humilians aveux.

Mylord appela Emery, et se fit apporter des cordes dont on lia M. Gro-

well. Sa femme ayant desiré qu'il fût témoin de sa confession, on l'attacha à son fauteuil, il faisoit des rugissemens horribles, une écume noirâtre sortoit de sa bouche, tous ses traits étoient dans d'effroyables convulsions. — Eh bien ! oui, dit-il à Mylord, c'est cette vipere et moi qui avons dirigé tous les coups qui ont frappé toi et ton odieuse famille, depuis plus de quatre ans, et il y en a vingt-quatre que je t'abhorre. Contemple ce charmant jeune homme, ajouta-t-il, en montrant Alfred, tu lui as prodigué tes soins et ta tendresse, tu le crois ton fils, c'est celui d'un scélérat, exécuté pour nombre de crimes qu'il avoit commis. — Oh ciel ! dit Alfred en portant ses mains sur son visage, quelle horreur ! — Et cet Evan que la honte et l'infâmie attendent, a puisé l'existence dans le sein de ton épouse. — Oh ! comble de disgrace, dit Mylady en tombant dans les bras de sa fille Ancelina qui étoit à ses côtés. — N'en croyez rien, s'écrie la femme qu'on avoit cachée dans le cabinet, en courant se jetter aux genoux de Mylady, le monstre sait bien qu'Evan n'est pas plus votre fils, que le sien, c'est celui de ma malheureuse sœur, et c'est à ces fatales échanges que commencent mes crimes, quant à vous, M. Alfred, vous avez bien raison de gémir de votre naissance, elle fut une calamité pour vous, c'est de ces deux tigres que vous avez reçu le jour. Sans doute de pareils scélérats ne méritoient pas un fils si vertueux. — Qu'est donc devenu l'enfant que je vous ai confié, demanda Mylady? — Il est mort, et c'est ce qui donna l'idée à ma sœur, comme je vous en instruirai, de mettre le fils de M. Growell à la place du petit orphelin dont il vous a parlé, et de donner à M. Growell, son propre enfant, en lui laissant croire que c'étoit son fils. — Alfred, est mon fils, dit mistress Growell, en se soulevant avec effort, une légère teinte de joie anima son visage cadavereux. Ah combien j'apprécierois ce bienfait de la providence, si j'étois digne d'être sa mere ! Daigne, oh, daigne t'approcher de celle qui n'ose te nommer son fils ! Alfred se mit à genoux devant le canapé, sur lequel mistress Growell gissoit. — Puisse le ciel vous pardonner, dit-il, en pressant sa main contre ses lèvres ! — Oui, intercede pour moi, vertueux enfant, les prieres d'un cœur pur, sont agréables à Dieu, elle eut l'air, alors, de se recueillir.

Femme foible autant que coupable, dit M. Growell, en fixant son épouse et Alfred, avec un regard féroce ! l'approche de la mort t'intimide, rappelle à ta mémoire toutes tes cruautés, n'est-ce pas toi qui voulus, qu'en ta présence, un misérable déshonorât celle dont tu viens bassement aujourd'hui mandier le pardon ? As-tu oublié avec quel barbare plaisir tu jouissois des tourmens de Mylord, et des angoisses de sa fille,

quand tu me forças, en quelque sorte,
de t'accompagner, vêtu d'habit de ton
sexe, à Wood-Priory, où nous rete-
nions nos victimes, et combien tu re-
grettois que l'évanouissement d'Henriette t'eût privée du bonheur de la voir
outragée devant son père? Ne te sou-
viens-tu plus que tu exigeas la premiere fois qu'on attaquât Milborn, dans
le bois attenant son château, qu'on le
privât d'un œil, et qu'on eût soin de le
défigurer au point de le rendre hideux?
Qui de nous deux chercha le plus à al-
lumer, dans le cœur du scélérat Evan,
l'ardeur dont il brûla pour Henriette,
et quelle autre qu'une femme perverse
pouvoit lui conseiller la violence pour
satisfaire ses infâmes desirs? — Tu rap-
pelles mes crimes, monstre exécrable,
s'écria mistress Growell, d'une voix
étonnamment forte, pour l'état de foiblesse où elle étoit, et tu passes les tiens
sous silence. Eh bien! c'est à moi qu'il
appartient d'en faire l'odieuse énumé-

ration. Ce fut toi qui imaginas et fis toi-même le faux billet pour capter, par l'apparence de tes bienfaits, l'amitié de ceux que tu projettois d'immoler ; ce fut toi qui conseillas à Evan d'assassiner le Capitaine Grimsby, pour pouvoir en accuser Mylord ; ce fut toi qui, voyant Alfred décidé à porter à Hawfield la lettre anonyme que Mylady avoit reçue, envoya tes infâmes complices enduire un endroit du chemin d'une matiere glutineuse, pour que le cheval du jeune homme glissât, s'abattît, et blessât son cavalier ; ce fut toi qui, t'appercevant que l'innocence de Milborn alloit triompher, fis offrir au concierge dix mille guinées, pour laisser enlever le prisonnier, qu'on feignit vouloir sauver malgré lui-même. Tes ordres portoient de remettre au concierge le porte-feuille au moment du départ, puis de le massacrer pour que le public pût croire que c'étoit un nouveau meurtre de Mylord, et sur-tout de lui reprendre le porte-

feuille, ce qui a été ponctuellement
exécuté; ce fut encore toi qui, craignant l'amour que le pauvre Gideon
ressentoit pour Ancelina, surpris et
mécontent de son retour avant l'exter-
mination totale des Milborn, le fis partir sous le prétexte de l'envoyer dans le
pays de Galles, après avoir tout disposé pour le faire arrêter sur la route,
et, ô comble d'exécration! ce fut toi
qui, la nuit derniere, fis le sacrifice réel
de six mille livres sterlings, pour gagner le nouveau concierge, afin qu'il
laissât échapper Evan et John; tous
deux sont venus te trouver à cinq heures ce matin, et ont reçu de toi l'ordre
d'attendre, dans la cabane située sur la
bruyere, le passage de la berline, et
d'assassiner les quatre personnes qui
l'occupoient. Ce n'est pas tout, je ter-
minerai par le plus effroyable, et je l'espere, le dernier de tes crimes. Cette
nuit.....Un vomissement de sang empêcha mistress Growell de continuer;

quand on s'approcha pour la secourir, elle n'étoit plus.

Alfred, l'infortuné Alfred, n'avoit pu supporter l'horrible détail des crimes de ses parens, faits par eux-mêmes, avec une férocité sans exemple. Vers la fin du révoltant discours de sa mere, il avoit perdu connoissance. Henriette s'en apperçut la premiere, s'empressa d'aider à le soulever de dessus terre, où il étoit tombé, elle lui fit respirer des sels et des essences, et eut la satisfaction de lui voir reprendre ses sens, mais qui ne s'attendriroit en voyant la douleur profonde dans laquelle il étoit plongé!

Le tendre Gideon, aussi affligé que son frere, exhaloit son désespoir par de longs et douloureux sanglots. En effet, est-il une situation plus terrible que celle de ces deux aimables et vertueux jeunes gens, fils de deux monstres, dont la durée de la vie fut une série d'actions épouvantables, ils n'osoient lever les yeux autour d'eux. La rougeur de la honte coloroit leurs visages, qu'ils cherchoient à cacher. Ancelina fut s'asseoir à côté de Gideon, et prit une de ses mains qu'elle serra dans les siennes. Le jeune homme, sensible à cette marque touchante de pitié, fondit en larmes; les autres spectateurs étoient tombés dans une espèce de stupeur; effrayés de ce qu'ils avoient entendus, il sembloit qu'ils ne pouvoient le croire, ni en douter.

Tout-à-coup Mylord se leve, et courant vers la porte, il dit en s'éloignant: — Fuyons cet horrible spectacle, mon ame est brisée, je suis au moment d'étouffer; comme Alfred et Gideon n'osoient l'accompagner, il les appela tous deux, et leur prenant la main à chacun : — Vous m'êtes devenus l'un et l'autre encore plus chers. Alfred, vous êtes toujours mon fils, et vous, Gideon, si vous n'y mettez point d'obstacle, je vous adopte. Ils tombent aux genoux

de

de Mylord. — Mes enfans, mon lot
vaut mieux que le vôtre, vous ne trou-
vez en moi qu'un pere, comme il y en
a beaucoup, sans doute, et moi j'ac-
quiers deux fils, comme il est bien rare
d'en trouver, il les releva et passa dans
la bibliotheque, où il fut suivi de Mylady, de ses deux filles, du Capitaine
Grimsby, de la nourrice et de miss Aurea, dont les yeux ne cessoient de répandre des pleurs. Mylord avoit donné
des ordres pour qu'on surveillât monsieur Growell, qui étoit resté dans la
même chambre que le cadavre de son
épouse. Avant de faire aucune démarche concernant ces deux coupables,
Mylord vouloit consulter sa femme et
M. Grimsby, mais il parut nécessaire,
à tous, d'entendre la nourrice. Ce qu'elle
avoit à dire, devant sûrement influer
sur ce qu'il conviendroit de faire, il falloit l'écouter avant d'agir; elle commença ainsi :

Tome II.   8

CHAPITRE XXXV.

« JE suis, comme vous savez, Mylady, d'un petit village voisin de Peace-House, château qu'habitoit M. Farington votre pere; malheureusement il étoit situé à deux milles de Fodder-Loge, voilà la source de tous vos maux, et celle de mes impardonnables fautes.

» Gilbert Polesworth vous vit, et conçut pour vous la plus violente passion. Insensible à son amour, vous refusâtes durement et son cœur et sa main, il jura de se venger, et n'a que trop réussi. — Quoi, dit Mylady en interrompant mistress Dispark, ce Polesworth de Fodder-Lodge seroit monsieur Growell? — Lui-même, un séjour de dix-huit à vingt ans, dans les Indes-Orientales, l'a tellement changé, qu'il n'est pas reconnoissable. Vous n'avez peut-être pas oublié, Mylord, une cer-

taine miss Julian Milton, que vos parens vouloient vous faire épouser, et
qui devint la femme de Gilbert Polesworth. — Je comprends, dit Mylord,
cette Julian étoit mistress Growell. —
Justement: le mépris que vous lui té-
moignâtes, la rendit votre plus cruelle
ennemie. Votre mariage avec cette Lucretia Farington, dont Gilbert préten-
doit avoir reçu la plus sanglante offen-
se, ne fit que doubler la haine de ces
deux méchans êtres. On pourroit croire, même, qu'ils ne se sont épousés que
pour réunir leurs moyens de vous
nuire.

» Les deux jeunes mariées devinrent
grosses presqu'en même-tems. Je fus
choisie par vous, Mylady, pour nourrir votre enfant ; il étoit d'une constitu-
tion très - délicate. Le garçon, dont
mistress Polesworth accoucha, fut confié à ma sœur, qui demeuroit chez mon
pere, dans une maison à côté de celle
que j'occupois avec mon mari. Ma sœur

Nancy étoit presque toujours à Fodder-Lodge, et chaque jour elle en rappor-toit de l'argent et des cadeaux. Je vis que mon mari étoit mécontent que je n'eusse pas le même bonheur que Nan-cy, et il m'en fit des reproches, comme si c'eût été de ma faute. Des mauvaises paroles il passa aux coups; comme je criois et pleurois, ma sœur accourut, je lui racontai l'injustice de Dispark. — Eh bien! dit-elle, consolez-vous tous les deux, je vais vous donner le moyen d'être aussi généreusement traités que moi, mais avant tout, ajouta-t-elle, ju-rez-moi l'un et l'autre, sur votre tête, de garder le plus profond secret sur ce que je vais vous confier. Nous lui fimes le serment qu'elle exigeoit. — Sachez donc, continua-t-elle, que le pere et la mere de mon nourrisson ont reçu, à ce qu'ils disent, la plus terrible injure de M. et mistress Milborn, ils veulent, à tel prix que ce soit; s'en venger, et voici ce que je suis chargé de vous pro-

poser de leur part : vous savez que le
gros Philip, qui a été arrêté il y a deux
mois , pour avoir tué , sur la grande
route , un voyageur qu'il avoit volé, est
condamné à être pendu , je crois même
que son supplice doit avoir lieu dans
deux jours, à Norwich. Il laisse trois
enfans , dont un qui est à-peu-près de
l'âge de nos nourrissons , j'ai déja parlé
à Mistress Philip , elle consent à me
vendre son plus jeune fils pour six guinées ; vous le ferez passer pour celui
de M. Milborn , et nous mettrons le petit Alfred à l'hôpital. — Jamais, jamais,
m'écriai-je en le serrant contre mon sein,
jamais je ne consentirai à me séparer
de ce cher petit ange , encore moins de
donner mon lait au fils d'un pendu. —
Lucy , me dit ma sœur , vous aurez
cent guinées.—Dût-on m'en promettre
mille , je ne ferais pas une pareille ac-
tion. Grand Dieu ! je soignerois l'enfant
de ce scélérat de gros Philip. — Si c'est
cela qui vous répugne , reprit Nancy ,

nous pouvons arranger les choses d'une autre manière , et nous y gagnerons tous , mais il faudra bien prendre garde qu'on ne découvre notre tromperie. Ecoutez-moi bien , je donnerai les six guinées à la femme de Philip , je prendrai son marmot , et le placerai avec le petit Alfred , à l'hôpital de Norwich. Je vous donnerai , à la place de ce dernier , le fils de M. Polesworth , que vous appellerez Alfred , moi je dirai que mon William est mort, et je continuerai à le nourrir sous le nom d'Evan ; par ce moyen , nous ne cesserons pas de recevoir les émolumens, vous de mistress Milborn , et moi de mistress Polesworth.—Cela n'est pas trop mal-adroit , dit mon mari, il me semble , Nancy , que vous entendez assez bien vos intérêts , et que vous donne M. Polesworth pour l'arrangement de cette belle affaire?—Comme à vous , cent guinées.— Eh bien ! continua Dispark, remettez m'en cinquante, et Lucy fera ce que vous

desirez.—Non, non, repris-je en pleu-
rant ; je veux garder mon enfant ; cher
Alfred, ils ont beau faire, tu ne me
quitteras pas. Vaine promesse, le sort
ne voulut pas qu'elle s'effectuât. Ma sœur
ne nous quitta qu'à dix heures du soir,
je lui avois confié mon nourrisson, pendant que j'apprêtois le souper ; à peine
étions-nous couchés, que l'enfant se
mit à crier, je le pris dans mes bras, il
y mourut une demi-heure après, dans
d'horribles convulsions. Ma douleur
étoit sans bornes, je ne fis que pleurer
et gémir toute la nuit. Dès le matin,
Nancy vint avec le petit de M. Polesworth dans ses bras ; je lui appris mon
malheur, elle chercha à me consoler ;
pendant qu'elle s'y efforçoit en vain,
mon père vint la chercher, elle me pria
de prendre l'enfant, disant qu'elle alloit
revenir ; je ne la revis que le soir. Dans
ce long intervalle, son nourrisson avoit
eu des besoins, il crioit d'une manière
déchirante, je le pris dans mes bras, il

se tut et sourit. C'étoit un vrai Chérubin pour la beauté ; de lui-même il s'attacha à mon sein. — C'est ton désir, dis-je, mon amour en le baisant, eh bien ! je te nourrirai. Quand ma sœur revint, le petit têtoit, elle en fut charmée, ainsi que mon mari. Ah ! plût à Dieu que j'eusse eu le courage de résister alors ! La crainte d'être découverte depuis ne m'auroit pas forcé à être, en quelque sorte, complice des crimes des autres.

» L'Alfred et l'Evan supposés venoient à merveille. Leurs mutuels parens nous combloient, ma sœur et moi, de bienfaits. Quand il fut question de rendre les enfans, Nancy, qui ne pouvoit vivre loin du sien, obtint de mistress Polesworth, qu'elle la prendroit à son service, et que Tom, son fils aîné, seroit le complaisant du petit Evan. Mon beau-frere venoit de mourir, et ce fut un grand avantage pour sa veuve, d'être placée avec son enfant.

(177)

» Vous fûtes si content, Mylord, du bon état de l'Alfred que je vous reportai, que vous eûtes la bonté de me donner dix guinées de gratification. Pendant le tems que vous restâtes dans le pays, j'eus souvent la satisfaction de voir mon nourrisson que j'aimois tendrement, et comment n'auroit-il pas eu ma tendresse, il étoit dès son enfance, doux, caressant, bon et sensible. Toutes ces qualités se sont encore perfectionnées avec l'âge; il n'est qu'une voix sur le compte de ce charmant jeune homme.

» La mort de Mylord votre pere, puis, celle de votre frere aîné, vous ayant mis en possession des titres et des biens de votre famille, vous partîtes pour aller habiter Londres. Cette nouvelle, à ce que me dit Nancy, fut un coup de foudre pour M. et mistress Polesworth, vous leur échappiez, et par-là, leur ôtiez les moyens de vous nuire, leur haine ne les fit pas hésiter,

* *

ils projetterent de vous suivre, mais
le sort ne seconda pas leurs desirs.
M. Milton, que l'on croyoit très-riche,
mourut insolvable. Sa fille et son gendre
se trouverent forcés de vendre Fodder-
Lodge. De toute la fortune immense sur
laquelle ils comptoient, il ne leur resta
que trois mille livres sterlings. Ce n'é-
toit plus le cas de songer à la vengeance
qu'ils vouloient tirer de vous, ce n'est
pas qu'ils y renoncerent, mais ils en remirent les effets à des tems plus favo-
rables. Il falloit s'occuper des moyens
de pouvoir reparoître avec splendeur ;
mistress Polesworth avoit un oncle, le
frere de sa mere, qui s'étoit embarqué
pour le Bengale, trente ans auparavant. Quelques voyageurs avoient dit
que M. Growell étoit devenu très-
riche. Mistress Milton lui avoit écrit,
mais n'ayant reçu aucune réponse, on
crut qu'il étoit mort, ou qu'il ne vouloit pas correspondre avec sa famille,
et il n'en fut plus question. Peu de tems

après le mariage de miss Milton , elle
eut occasion de causer avec un officier
qui arrivoit de Madras ; elle lui parla
de M. Growell , qu'il dit être un des
plus riches habitans de la ville Noire (1),
suivant son rapport, l'oncle de Julian
n'avoit plus , ni femme ni enfans.

» Lors de la ruine de Polesworth ,
ils se décidèrent à aller trouver l'opu-
lent Growell , mais ne voulant pas
qu'on sut leur projet, ils firent courir
le bruit qu'ils alloient s'établir dans le
pays de Galles.

» Avant de se rendre au port où ils
devoient s'embarquer, M. Gilbert proposa à mon pere et à moi de suivre leur
fortune, nous promettant à tous un
sort , si le sien et celui de sa famille

(1) Madras , situé sur la côte de Coromandel ,
forme deux villes, l'une est surnommée la Blan-
che , elle tient au fort , et n'a guere qu'un mille
de circonférence ; l'autre, appelée la Noire , a
près de deux milles de circuit, cette derniere est
très-peuplée de commerçans immensément riches.

devenoit meilleurs; j'ai souvent pensé
depuis qu'il n'a desiré nous emmener,
que pour empêcher que Mylord et
Mylady ne fussent instruits de la fraude
des enfans; c'étoit .pour le mari et la
femme une douceur de savoir que ceux
qu'ils exécroient, prodiguoient leurs
soins et leur tendresse au fils d'un vil
scélérat, comme ils croyoient qu'étoit
Alfred. Quoi qu'il en soit, nous ac-
ceptâmes. Mon mari, qui étoit maçon,
avoit péri misérablement trois mois
avant; ainsi, puisque mon pere et ma
sœur partoient, je ne tenois plus à personne en Angleterre.

» Je n'entrerai dans aucun détail relativement à leur séjour à Madras, car
je n'ai entrepris de vous raconter de
l'histoire de ces monstres, que ce qui
a rapport à vous; je me restreindrai
seulement à vous dire qu'ils trouverent
leur oncle dans une situation plus brillante encore qu'on ne la leur avoit an-
noncée, qu'ils en furent reconnus, par-

faitement accueillis, et qu'après avoir
vécu pendant trente ans avec la mag-
nificence d'un potentat, M. Growell
mourut laissant toute sa fortune à sa
niece et à son mari, sous la seule condition qu'ils porteroient son nom, ainsi
que ses enfans.

» Il y avoit dix-huit ans que nous
habitions ce beau pays. La famille de
M. Polesworth, devenu Growell, étoit
composée de deux garçons et deux filles.
Du moment qu'ils le purent, ils firent
passer une partie de leur fortune en
Angleterre , sur un vaisseau , tandis
qu'ils s'embarquerent , ainsi que leur
famille, avec l'autre partie, sur un vaisseau différent.

» Je savois , par mon pere et ma
sœur, qui avoient toute la confiance de
leur maître , qu'ils se mouroient d'impatience de retrouver les innocens objets de leur immortelle haine. Ce fut ,
sans doute, le desir de hâter leur destruction qui leur fit précipiter leur re-

tour. Dès que nous fûmes débarqués,
nous prîmes le chemin de Londres, où
M. Growell fit sur le champ des infor-
mations relativement à vous; il ne lui
fut pas difficile d'apprendre que vous
habitiez continuellement Milborn-Hall.
Il trouva autant de facilité à se rendre
possesseur de la belle terre de Sumptuous-Castle, il rapportoit des tonnes
d'or, avec cela, est-il rien d'impossible?

» Sitôt que M. Growell fut instruit
de tout ce qui vous concernoit, ainsi
que votre famille, il nous rassembla
dans la chambre de son épouse, mon
pere, ma sœur, son fils et moi. — Voici,
bientôt, nous dit-il, le moment de nous
prouver votre dévouement et de recevoir un salaire proportionné à l'impor-
tance des services que nous attendons
de vous. Jurez-moi tous les quatre de
suivre aveuglement ce que je vous pres-
crirai, relativement à ces abominables
Milborn, et, à mon tour je vous fais le
serment de vous faire la donation d'une

terre de vingt mille livres sterlings, située dans le pays de Galles, dont j'ai
passé hier le contrat. Mon pere, Nancy,
et mon neveu ouvrirent de grands
yeux. Pour posséder un bien d'une
somme si considérable, je crois qu'ils
auroient tenté l'impossible. — Nous vous
jurons, dirent-ils ensemble, de vous
obéir sur tout ce qu'il vous plaira de
nous ordonner. — Et vous, Lucy, pourquoi ne vous joignez vous pas à vos
parens pour m'assurer de votre dévouement ? — C'est, répondis-je, que je ne
puis promettre d'aider à faire du mal
à mon nourrisson. — Mais, dit M. Growell, vous savez que c'est le fils d'un
homme mort sur l'échafaud. — Je sais
que je l'ai nourri de mon lait, et que je
l'aime. — Eh bien! reprit M. Growell,
on ménagera votre cher Alfred. — Allons, Lucy, dit mon pere, jurez comme
nous de servir nos maîtres, quoiqu'ils
veuillent exiger de nous. — Mon dieu !
dis-je, quel terrible serment. — Songez,

continua M. Growell, qu'il ne s'agit ici
que des coupables Milborn. — Contez
moi donc ce qu'ils vous ont fait? — Ils
ont attenté à la vie de mon mari et à la
mienne ; dit mistress Growell. — En ce
cas, ils ne méritent aucune pitié. Je fais
donc le même serment de mon pere,
de ma sœur, et de mon neveu. — Voilà,
continua M. Growell, le contrat de la
terre. Le jour de la destruction de nos
ennemis, je vous en ferai la donation.

» Combien je me reprochai le serment affreux qu'on m'avait arraché,
quand je sus de ma sœur que le sujet de
haine n'avoit d'autre motif que le refus
que mylord Milborn avoit fait d'épouser Julian Milton, et celui de Mylady,
d'unir son sort à celui de Gilbert Polesworth ; je dis alors à mon pere, que
comme on m'avoit trompé, je n'étois
pas tenu à observer ma parole. — At-
tendez-vous donc, Lucy, à être traduite
devant les tribunaux, car, il est bon
que vous sachiez que l'échange d'en-

fans que vous vous êtes permis, est un
crime que la loi punit de mort. Je pâlis,
et faillis me trouver mal. — Oh ! mon
pere, suis-je donc si coupable ? — Vous
l'êtes, Lucy, et croyez que M. et mistress
Growell ne vous ménageroient pas.
Suivez plutôt notre exemple, consentez
à tout, et n'oubliez pas que vingt mille
livres sterlings méritent bien quelques
sacrifices. Je consentis. hélas ! bien à
contre-cœur.

.» Nous partîmes tous pour Sumptuous-Castle, mais M. Growell étoit trop
prudent pour nous exposer au danger
d'être vus de Mylord et de sa famille. Il
étoit si changé qu'il n'eut aucune appréhension d'être reconnu. Quant à mistress Growell, elle avoit eu la petite
vérole à Madras, et n'avoit pas conservé la plus légère ressemblance avec elle-
même.

» Nous demeurâmes tous séparé-
ment. Mon pere et ma sœur habiterent
une petite maison située entre Sump-

tuous-Castle et Milborn-Hall, et moi,
j'en fus occuper une semblable du
côté opposé, et plus éloignée; ces deux
maisons étoient isolées dans la campagne. M. Growell nous ordonna d'y faire
construire une chambre souterraine, il
s'en trouvoit deux dans celle qui me
fut adjugée, ainsi je ne fus pas obligée
d'y faire travailler. Dans les différentes
courses que fit M. Growell, il découvrit
Wooded-Priory, bâtiment inhabité; ce
fut là où il projetta d'emprisonner ses
victimes. En conséquence, il y envoya
mon pere et mon neveu, pour rendre
une chambre en état d'être occupée; on
grilla les fenêtres, et l'on mit des verroux aux portes.

» Vous savez déjà que ce fut M.
Growell qui, après avoir fabriqué un
faux billet, vous le fit présenter; vous
crûtes lui avoir la plus grande obliga-
tion pour les six milles guinées qu'il
vous prêta, elles ne sortirent pas de sa
bourse.

» Mon pere, que l'appas d'une grande
fortune avoit rendu presqu'aussi scélérat que ses maîtres, s'étoit assuré, au
besoin, de l'aide de trois ou quatre brigands des environs. Quand Mylord fut
attaqué et mutilé, ce furent ces coquins
qui se chargerent de la besogne ; les
choses étoient arrangées de façon que
M. Growell n'arriveroit qu'après que
tout le mal seroit fait, mais que cependant il auroit l'air de sauver la vie à Mylord, ce qui doubleroit son amitié et
sa confiance.

» Lors de l'enlévement de Mylady,
car il tardoit à mistress Growell de jouir
du désespoir de sa rivale, il fut décidé
qu'on procureroit, à Evan, la facilité
d'obtenir, par la force, les bonnes
graces d'Henriette, ce qui obligeroit
ses parens à la lui donner pour femme.
Cette aimable Miss, par sa ressemblance
avec sa mere, étoit l'objet de l'antipa-
thie de mistress Growell, et elle vouloit que, devenue l'épouse de son fils,

i. la rendît la plus malheureuse des femmes. L'arrivée dans le bois, du brave Alfred, empêcha l'exécution de cet horrible projet. C'étoit mistress Growell qui vint, masquée, pour jouir de la douleur de la mere et de la fille.

» Mylady fut reçue, à Wooded-Priory, par mon pere et Nancy. Il est inutile que je répete ce que M. Growell vous a dit de la visite nocturne que sa femme fit à Mylady ; l'homme qu'elle avoit amené, et à qui Mylady fit justice, en lui donnant la mort, étoit un de ces scélérats gagés par mon pere.

» L'arrivée de la compagnie, que commandoit M. Grimsby, jetta l'épouvante dans l'ame de ma sœur, elle crut qu'on venoit pour l'arrêter, en conséquence, elle monta chercher son pere, qui étoit chez Mylady, et tous deux se sauverent de Wooded-Priory.

» Ce contre-tems causa le plus grand chagrin à mistress Growell, elle se faisoit une fête d'aller souvent accabler

d'outrage l'innocente Mylady. Dès
qu'on sut , à Sumptuous-Castle, le retour de Mylady à Milborn-Hall , M.
Growell et sa femme s'y transportèrent,
et redoublèrent de fausseté et d'hypo-
crisie pour détourner les soupçons de
dessus eux.

» Le séjour de M. Grimsby à Brow...
et son intime liaison avec les habitans
de Milborn-Hall , suggéra à M. Growell, l'infernale idée de le faire assassiner, pour que Mylord fut accusé du
crime. On choisit la nuit de la fête , ce
fut Evan qui porta deux coups de poignard dans le sein du Capitaine , et
qui tâchant d'imiter sa voix , ce à quoi
il s'étoit appliqué, proféra les effroyables mots qui inculpèrent si fortement
Mylord. Par un raffinement de cruauté,
et pour que toutes les preuves fussent
contre l'innocent, M. Growell avoit or-
donné, à mon père , de faire appeller
Mylord pendant l'instant du meurtre ,
et lui dictant l'histoire qu'il devoit lui

faire , il lui enjoignit d'avoir les mains
pleines de sang, et de trouver un moyen
pour en couvrir celles de Mylord.

» Instruite de tout ce qui se tramoit
contre vous , je gémissois sans oser manifester l'horreur que m'inspiroient tant
de crimes, que mes parens partageoient.
Ma sœur , par l'amour extravagant
qu'elle portoit à son fils Evan , suivoit
aveuglément les ordres barbares de ce
monstre et de ceux à qui il croyoit devoir
le jour. Une fois elle lut dans mes yeux,
combien j'étois révoltée de participer ,
en quelque sorte , aux maux dont on
accabloit une famille estimable , et elle
me menaça de me dénoncer comme
seule auteur de l'échange des enfans. La
crainte força encore la pitié à rester dans
mon cœur , et je devins , sinon la complice , du moins la confidente de toutes
les atrocités qui se commirent.

» Je savois donc le rôle infâme que
mon pere, sous le nom de Richard Plun-
kett , devoit jouer à l'audience le jour

où tout sembloit faire croire que le
manque de preuves feroit acquitter Mylord. Ne pouvant, n'osant me montrer
ouvertement , je pris le parti de con-
trefaire mon écriture , et de vous adres-
ser, Mylady , une lettre anonyme. Mon
dessein étoit de vous inspirer de la défiance sur les personnes avec lesquelles
vous viviez habituellement; mais sans
doute, mon intention ne fut pas remplie, car, j'appris que votre extrême
attachement pour les Growell vous
avoit engagé à leur montrer ma lettre.
Heureusement mon écriture ne fut pas
reconnue; l'idée que le secret étoit découvert donna de terribles appréhen-
sions à l'atroce société ; ce fut alors que
Nancy me fit une confidence qui mit
mon cœur à l'aise. Elle m'instruisit que
M. Grimsby n'étoit pas mort de ses
blessures.—Quand Evan eut poignardé
le capitaine , me dit-elle , et qu'il eut
imbibé la terre du sang qui sortoit de
sa blessure, il le chargea sur ses épaules,

et le porta à la petite porte du parc où
mon pere et mon fils attendoient, avec
des chevaux, pour transporter le corps
et le jetter dans l'Ivel. Arrivé sur le bord
de la riviere, mon pere prit le capitaine
qu'il croyoit mort, et fut très-étonné
de sentir qu'il vivoit encore. Il lui vint,
alors, dans la pensée de se ménager
les moyens de forcer M. Growell à tenir
sa promesse, dans le cas où il auroit
l'intention d'y manquer : les scélérats,
presque toujours se défient les uns des
autres. En conservant la vie à M. Grimsby, il pourroit, imagina-t-il, faire la loi à
ses complices. La chambre souterraine
que M. Growell avoit fait construire
dans sa petite maison, lui parut propre
à recéler l'assassiné, il le conduisit donc
chez lui, expliqua ses raisons à Nancy
et à Tom, qui l'approuverent. Le capitaine fut, en conséquence, pansé et
soigné par ma sœur ; leur projet étoit
(je frémis de le dire, mais, j'ai promis
l'entière vérité), du moment que nous
serions

serions possesseurs de la belle terre,
d'empoisonner M. Grimsby, pour détruire, par ce dernier meurtre, toutes
les traces de leur crime.

» Voyant que, malgré tous les res-
sorts infernaux qu'il avoient fait agir
pour convaincre le public et les juges
que mylord Milborn étoit l'assassin du
capitaine Grimsby, voyant, dis-je, qu'il
ne se trouvoit pas des preuves assez
fortes pour faire condamner Mylord,
et, que s'il étoit acquitté, mon pere seroit puni comme faux témoin (1). M.
Growell mit en œuvre toutes les ressources de son exécrable imagination,
et exécuta ce que mistress Growell lui
a reproché, tout à l'heure devant vous.

» La condamnation et le supplice en
effigie étoient immanquables, et suivi-
rent; vint ensuite la confiscation de vos
biens, etc.....

(1) En Angleterre, la peine du talion est la pu-
nition des faux témoins.

Tome II.   9

» Mylord et miss Henriette furent conduits à Wooded-Priory. Tom les y attendoit, leur sort étoit fixé du moment que miss Milborn seroit devenue la proie de mon neveu Tom, sa mort et celle de son pere devoient terminer leurs souffrances. Mistress Growell s'é-toit réservé le plaisir de leur porter elle-même la coupe empoisonnée, elle vou-loit jouir de la barbare satisfaction de se faire reconnoître à celui qu'elle avoit aimé au moment où il seroit prêt à rendre le dernier soupir.

» La résolution que prit M. Alfred de chercher son pere et sa sœur, in-quiéta M. Growell : il appréhendoit que le hazard ne le conduisît à Wooded-Priory, et, pour éviter ce malheur, il le fit suivre, saisir, et amener dans ma petite maison. J'eus ordre de lui donner la mort à son arrivée. Quelle commis-sion, grand dieu! et que j'étois loin de pouvoir et de vouloir l'exécuter ! Heu-reusement, on ignoroit qu'il y eût deux

chambres souterraines; je le fis déposer
dans une, et dis le lendemain à John
que le fils de Mylord n'existoit plus ; il
vous a dit de quelle maniere je me suis
conduite avec lui.

» En quittant Wooded-Priory , mé-
contente que l'évanouissement de miss
Henriette eut dérangé ses projets, mistress Growell revint à Sumptuous-Castle , et se plaignit à son mari du peu
d'empressement qu'elle avoit cru remarquer dans Tom à remplir ses ordres. En effet , mon neveu m'a avoué
qu'il s'étoit senti attendri à la vue de
l'état et des souffrances de miss Milborn;
M. Growell , craignant que la pitié
n'entrât dans le cœur de ses complices,
partit pour aller trouver mon pere ,
qu'il menaça de toute sa haine , si lui,
ou un des siens , usoient de ménagement envers les Milborn. — Ne croyez
pas, ajouta-t-il, que vous tenez déja ce
que je vous ai promis, vous ne l'aurez
que quand le dernier de la race , que

j'abhorre, cessera d'exister. Je vais de ce pas à Wooded-Priory, et traiterez votre petit-fils comme il le mérite, pour n'avoir pas sur-le-champ, rempli les ordres de mistress Growell.

» Mon pere fut révolté du ton et des paroles outrageantes de son maître, qu'il ne regardoit plus comme tel depuis que leurs mutuels crimes sembloient les avoir assimilés. Comment, dit-il à ma sœur, il ose menacer quand il devroit trembler ! De ce moment mon pere forma le projet d'abandonner, s'il le pouvoit sans danger, pour lui et pour nous, la cause des Growell, pour se dévouer à la vôtre.

» Peu de jours après, il fut vous chercher, et vous transporta, Mylord, avec miss Henriette, à sa petite maison, où ma sœur vous conduisit dans la chambre souterraine ; vous y trouvâtes le Capitaine Grimsby.

» L'arrivée subite de Gideon à Sump- tuous-Castle, contraria son pere et sa

mere ; ils craignirent les yeux pré-
voyans d'un amant. En conséquence,
on envoya me prévenir que j'eusse à
préparer la chambre souterraine, pour
y garder le jeune homme le tems qu'il
seroit nécessaire pour completter la
destruction totale de votre famille. Le
nommé John, qui accompagnoit Gideon, étoit le postillon qui blessa le
chien de M. Alfred, lorsqu'il rencontra
les voitures qui conduisoient M. et mistress Growell à Sumptuous-Castle; pour
se bien faire venir près de vous, il feignit de l'avoir renvoyé, mais comme il
étoit aussi initié dans les secrets, on se
contenta de l'éloigner. Il vint demeurer
à la maison que j'occupois. Son maître,
par ce moyen, l'avoit toujours sous sa
main, quand il avoit besoin de son in-
fernal ministere. Je reçus Gideon de
mon mieux, et tachai de lui dérober la
connoissance qu'il avoit à dix pas, un
compagnon d'infortune.

» Je vis un jour ma sœur arriver

chez moi, dans un état effrayant ; elle étoit rouge, et la colere paroissoit la suffoquer. — Les Growell nous jouent, me dit-elle, non-seulement je suis certaine qu'ils ne nous donneront pas la gratification , mais encore ils refusent le nécessaire à mon cher enfant. Ce pauvre Evan est chez moi en ce moment, il a le désespoir dans le cœur. Si vous voyiez la lettre abominable que M. Growell lui a écrite , vous frémiriez , et, cependant , il ne lui demandoit que deux mille guinées, mais il est décidé à aller cette nuit ou l'autre , forcer ce vilain avare à lui donner cette somme ; s'il ne l'obtient pas, il le tuera. Jamais je ne le vis dans un tel accès de fureur ; il m'a chargé de lui conduire John, et c'est lui que je viens chercher. Précisément, celui qu'elle demandoit rentroit en ce moment ; ils partirent ensemble dans un cabriolet qui avoit amené Nancy.

» Mon indignation étoit au comble,

un fils projettant d'assassiner son père,
me parut le dernier degré de la scélératesse, il me sembla qu'aucune considération, même celle de la conserva-
tion de mes jours, ne devoit me faire
garder le silence sur un si énorme crime ; j'allois donc me mettre en marche
pour Sumptuous-Castle, et prévenir M.
Growell, quand l'idée de mon pauvre
prisonnier Alfred se présenta à mon
esprit. Supposé que je devienne la victime de mon zèle, il faudra donc que
cet intéressant jeune homme périsse de
faim s'il n'est pas découvert, et s'il l'est,
sa mort est infaillible. Terrible alterna-
tive ! je pris donc le parti d'user du
même moyen, auquel j'avois eu recours
deux fois, vis-à-vis de Mylady. J'écrivis
à M. Growell une lettre anonyme, dans
laquelle je lui apprenois qu'Evan n'étoit
pas son fils, et qu'il étoit dans les environs en attendant la nuit, pour pouvoir
s'introduire chez lui, le voler, et peut-
être le tuer. Mon avertissement ne put

empêcher que mistress Growell ne re-
çût le coup mortel.

» Ce fut tout-à-fait contre l'intention
de M. Growell qu'un de ses gens, par
un zèle bien naturel, amena à Sumptuous-Castle des gardes et la justice.
L'arrestation d'Evan ne pouvoit que lui
être funeste, il le sentoit, et auroit pré-
féré perdre la moitié de sa fortune.
Quand il vit arriver l'imposant cortège,
il se crut perdu, et frémit des suites de
son imprudence. Dans la conversation
secrète qu'il eut avec Evan, ce dernier
lui signifia que, si on lui faisoit son procès, et s'il étoit condamné à la mort, il
déclareroit tout. John lui jura qu'il en
feroit autant. Growell, croyant voir
déja les instrumens de son supplice, dit
à ses deux complices qu'ils pouvoient
employer, vis-à-vis des guichetiers,
tous les moyens de séduction, et qu'il
feroit honneur sur-le-champ aux pro-
messes qu'ils auroient faites. Comme
ils savoient tous les trois que rien ne ré-

siste à l'or, quand on en peut prodiguer beaucoup, ils se tranquilliserent un peu.

» L'arrivée subite, autant qu'inattendue, de Mylord, de sa fille, et de M. Grimsby, dont M. Growell croyoit être sûr de la mort, le jetta dans un dédale d'épouvantables inquiétudes. Comment pouvoir se soustraire à tant d'accusations qui sembloient prêtes à éclarer ? Il y réfléchissoit, en écoutant, en apparence, avec beaucoup d'intérêt et d'attention, le récit de son ami supposé. Son esprit, fertile en exécrables projets, lui en présenta un qui sourit à son infâme cœur. S'il eut réussi, et il n'en formoit pas un doute, il étoit pour toujours débarrassé des êtres qu'il abhorre, et tous ses dangers disparoissoient ; ce fut d'éloigner le départ de Mylord et des siens jusqu'au lendemain, puis il envoya chercher mon pere, et fut le recevoir dans l'avenue. — Voilà cinq mille guinées, lui dit-il, courez à Haw field, donnez-les au nouveau concierge

* *

pour qu'il favorise la fuite d'Evan et
de John : il n'est pas dans le monde entier
un seul concierge de prison qui puisse
résister à une pareille somme ; dites aux
prisonniers qu'ils se rendent ici , dès
qu'ils seront en liberté , soyez vous-même avec Tom, aux environs du château,
à attendre leur arrivée ; alors, il lui dé-
tailla le plan qu'il avoit formé de faire
assassiner , à leur passage sur la bruyere,
Mylord , Mylady , miss Henriette , et le
Capitaine Grimsby , dont la résurrec-
tion devoit nécessairement , disoit-il
avec raison , entraîner sa ruine ; il re-
mit aussi à mon pere mille livres sterlings en bank-notes, pour être partagées
entr'eux quatre , et lui réitéra la promesse de le mettre sous deux fois vingt-
quatre heures en possession de la terre
du pays de Galles. — Munissez-vous,
ajouta-t-il , d'armes , surtout de fusils
et de pistolets, car vous sentez qu'Evan
et John n'en auront d'aucun genre. Sitôt
que le coup sera porté , retirez-vous tous

les quatre dans la chambre souterraine
de la maison de mistress Dispark , vous
y serez en sûreté , et je vous verrai la
nuit suivante. Mon pere fut surpris que
M. Growell ne lui fit aucun reproche,
ni d'avoir conservé la vie au Capitaine,
ni d'avoir , par sa négligence , laissé
évader Mylord et sa fille, mais il sentit
que le besoin qu'il avoit de lui, dimi-
minuoit et même annulloit ses torts à
ses yeux.

» Mon pere retourna chez lui, monta à cheval avec Tom, et ils se rendirent à Hawfield , où ils trouverent
Nancy. Dès qu'elle avoit été instruite de
l'arrestation d'Evan, elle s'étoit trans-
portée dans sa prison, et là elle avoua,
à son fils , la supercherie dont elle avoit
usé pour lui faire un sort heureux et
brillant. Evan , loin de la remercier, la
maudit. — Sans ce damnable échange,
lui dit-il, je ne serois pas ici, c'est vous,
femme odieuse, qui êtes le bourreau de

votre enfant. Nancy pleuroit, et convenoit qu'il avoit raison.

» Cependant, John ne perdoit pas son tems en vaines paroles. Dès qu'ils furent déposés à la geole, il demanda à parler au concierge, et, sans préambule, lui proposa de mettre tel prix qu'il voudroit à la liberté de son camarade et à la sienne ; le concierge haussa les épaules, sourit ironiquement, et répondit trois mille guinées. — Vous les aurez avant minuit ; je vais écrire un mot que vous enverrez par quelqu'un de sûr, et la somme que vous demandez vous sera remise. Le concierge montra de l'étonnement, et même de l'incrédulité. — Vous ne me croyez pas dans le cas de remplir ma promesse, à ce que je vois ? — C'est la vérité. — Eh bien ! que risquez-vous ! Evan et moi sommes toujours vos prisonniers, et la porte ne nous sera ouverte que quand vous tiendrez l'argent. — J'y consens, il apporta ce qu'il falloit pour

écrire, mais il dit qu'il n'enverroit la
lettre qu'à la nuit.

» John retourna près d'Evan, sa mere
ne l'avoit pas encore quitté. — Nous
sommes sauvés, leur dit-il, et il raconta
ce qui venoit d'être décidé avec le concierge. En cet instant, un guichetier in-
troduisit mon pere. Il étoit porteur des
cinq mille guinées; ainsi, la lettre de
John à M. Growell, devenoit inutile.
Le concierge fut appelé, on lui en
compta trois mille, et il donna sa parole
qu'à minuit il viendroit chercher les
prisonniers, et les conduiroit lui-
même hors, et à une certaine distance
de la prison.

» A la nuit, ma sœur fut obligée de
se retirer. Elle prit une chaise de poste,
et se fit conduire chez moi, pour me
prévenir que mon pere, Tom, Evan et
John viendroient avant midi, se cacher
dans la chambre souterraine de ma maison. Elle me rendit compte de tout ce
que je viens de vous détailler. Mes che-

vcux se dresserent sur ma tête en l'é-
coutant, et sur-le-champ je me promis
de faire avorter un si affreux complot.
La présence de Nancy, mettant em-
pêchement à ce que je projettois pour
sauver tant d'innocentes victimes, je lui
persuadai qu'il seroit prudent qu'elle
retournât chez elle pour répondre ,
dans le cas où l'on viendroit s'informer
de notre pere. — Vous pourrez, ajou-
tai-je, venir pendant la nuit, sans courir aucun danger. Elle suivit mon con-
seil, et je la vis partir avec la plus
grande joie. Alors, je me couvris d'un
habit de John, et fut chercher Gideon
et Alfred ; ils vous ont raconté tout ce
qui s'étoit passé depuis mon entrée
dans leur chambre ».

Ici finit le terrible récit de la nourrice. Il expliqua, à Mylord et à sa famille, tout ce qui leur avoit paru incroyable dans les nombreux malheurs
dont ils avoient été accablés depuis
plus de quatre ans. La scélératesse des

Growell leur inspira une horreur qui se peignit sur tous les visages. Gideon et Alfred sentirent s'étouffer dans leur cœur, toute idée d'amour filial. Aimer de pareils parens, c'étoit presque partager leurs crimes.

Malgré l'exécration que Mylord portoit au monstre Growell, par considération pour ses quatre enfans, qu'il chérissoit comme s'ils eussent été les siens, il vouloit éviter de le dénoncer. — Votre précaution sera vaine, dit le Capitaine Grimsby, Evan, le farouche Evan, et son infâme compagnon John, seront, n'en doutez pas, les délateurs des Growell. Tandis qu'ils délibéroient, on vint dire à Mylord Milborn qu'une troupe de schériffs et de gardes demandoient qu'on leur ouvrît la porte. Il étoit une heure après minuit, il n'y avoit plus moyen de rien dissimuler; les domestiques conduisirent l'escorte dans l'appartement où gissoit mistress Growell. Son mari, fortement attaché, fit d'épouvantables juremens dès qu'il apperçut les gardes. Le schériff demanda mylord Milborn, et dit qu'il venoit pour l'arrêter. Mylord parut, suivi de sa famille. Mylord Milborn a été condamné, dit le Capitaine Grimsby, pour m'avoir assassiné, me voilà prêt à le laver de cette fausse et odieuse accusation. — Cela ne me regarde pas, dit l'officier de justice, je remplis mon devoir, en emmenant celui que je suis chargé d'appréhender au corps.—En ce cas, reprit le Capitaine, nous allons tous nous rendre chez le juge de paix. Cette proposition fut acceptée. L'ordre étoit donné de préparer les deux voitures de M. Growell, qui étoient alors à Pervious-House, et de seller des chevaux, quand des cris terribles se firent entendre. Un des alguazils ouvre la porte pour voir ce que c'est, il la referme aussitôt ; un tourbillon de fumée avoit pensé l'étouffer. — Le feu est à la maison, dit-il, et il paroît qu'il a gagné l'esca-

lier. Comment ferons-nous pour fuir ?
Mylady, conservant son sang-froid,
ouvre un cabinet, tout le monde la
suit, elle court vers un escalier dérobé,
rien ne s'oppose à son passage, et elle
arrive dans la cour, sans éprouver le
plus léger danger. Il n'étoit resté dans
la chambre, que le corps de mistress
Growell et son mari, qui, lié après son
fauteuil n'avoit pu s'échapper; ses rugissemens étoient entendus, et n'ému-
rent personne.

L'escorte qui s'étoit présentée chez
Mylord, avoit laissé trois gardes à la
grande porte. Ce furent eux qui virent
les premiers le feu, et qui, par leurs
cris, avertirent du danger. Un de ces
gardes, voyant fuir une femme, courut
après elle, et l'arrêta. Dès que le sheriff fut dans la cour, il la lui amena.

— C'est ma malheureuse sœur, s'écria
la nourrice, c'est Nancy. Comme elle
tenoit une corbeille à son bras, on voulut voir ce qu'elle contenoit. — Vous

n'y trouverez , dit-elle avec audace ,
que des matières combustibles ; une
partie m'a déjà servi à incendier un
côté de la maison, je me rendois de
l'autre pour completter mon ouvrage,
quand cet homme m'a arrêté — Misérable ! dit le sheriff, et qui t'a commandé cette infernale besogne ? —
M. Growell d'une part , et ma vengeance de l'autre. Le premier espéroit
que tous les habitans de Pervious-
House seroient réduits en cendres. Ce
traître ne pensoit guères , en me donnant l'ordre, qu'il seroit une des victimes. Mais moi , qui ai suivi toutes
ses démarches , et qui le savois encore
ici, ainsi que sa femme, j'ai senti un
double plaisir en songeant que l'auteur de tous nos maux , l'homme
qui a fait de ma famille une bande de
scélérats , périroit avec ceux dont il
vouloit la destruction. Un de mes fils
est mort ce matin des mains de son
frere , mon pere partagera bientôt le

supplice de ce cher Evan que j'aime
plus que la vie, que me reste-t-il à
faire en ce monde que j'ai épouvanté
de mes forfaits. Lucy, tu fus la moins
coupable, tu peux concevoir de l'espérance, mais, moi, voilà comme je
termine, et elle se frappa au cœur d'un
large couteau, qui lui ôta la vie sur le
champ.

CONCLUSION.

Mylord Milborn fut innocenté et
réhabilité dans tous ses biens, et ce qui
vaut mille fois mieux, dans l'esprit de
tous les honnêtes gens. Il retourna
avec sa famille, dont les enfans de
Growell faisoient partie, habiter Mil-
bord-Hall. L'immense fortune du Na-
bab, qui étoit réduite aux trois-quarts
de ce qu'elle étoit à son retour en Angleterre, fut partagée entre Alfred,
Gideon, Clara et Aurea. Alfred et
Henriette devinrent époux, ils s'ai-

moient depuis l'enfance , mais se croyant frere et sœur, ils s'étoient mépris sur le genre de leur attachement.

Gideon devint aussi l'heureux époux de celle qu'il avoit adorée dès la première vue. Ancelina donna sans peine son aveu à une union qu'elle desiroit en secret depuis long-tems. En arrivant à Sumptuous-Castle, M. Modbury apprit avec chagrin les crimes dont les parens de sa Clara s'étoient rendus coupables, mais sa tendresse n'en fut nullement affoiblie. Clara vint à Milborn-Hall, avec son enfant, et miss Wilson. Mylord et Mylady firent le plus tendre accueil à la veuve de leur infortuné fils, et comblerent le petit Godwin de caresses. Clara et M. Modbury furent mariés le même jour que les deux autres couples.

Evan, son grand-pere, et quatre de leurs complices des environs de Sumptuous-Castle qu'ils dénoncerent, furent pendus. La nourrice avoit aussi été arrêtée, emprisonnée et condamnée ; mais, Mylord, lui fit obtenir sa grace et lui procura les moyens de vivre à son aise le reste de ses jours. Miss Wilson ne se sépara pas de son amie mistress Modbury, qui fut habiter une terre de son mari.

Le capitaine Grimsby surmonta l'amour que lui avoit inspiré Henriette, et ne quitta Milborn-Hall, que quand il vit tous ses amis heureux. Un an après, il épousa la sœur de son lieutenant Bradfort, et jouit d'une félicité digne de sa vertu et de ses qualités.

Aurea, peu propre au moral et au physique à trouver un établissement, demeura toujours avec Mylord et Mylady Milborn, qui la traitoient comme leur fille.

Pervious-House, qui avoit été réduit en cendres, fut rebâti aux dépens des héritiers des Growell. Les corps du mari et de la femme furent sans doute

consumés, car on ne les retrouva pas
parmi les décombres.

Emeri et Diana, ces deux fidèles domestiques, qui donnerent tant de
preuves d'attachement à Mylady leur
infortunée maîtresse, eurent des ré-
compenses proportionnées à leur dévouement.

Reconnoissans des procédés honnêtes et délicats du fermier Cecil, M. et
mistress Modbury se firent un devoir
d'aller les visiter souvent avec miss
Wilson. Ces braves gens se réjouirent
du bonheur de ceux pour qui ils avoient
infiniment d'estime.

POST-SCRIPTUM.

Quoiqu'il soit douloureusement pénible de savoir qu'il a pu exister deux
êtres tels que M. et mistress Growell,
je crois devoir assurer le lecteur que je
ne suis que l'éditeur de l'histoire qu'on
vient de lire.

Il y a douze ans , qu'étant à Bath , un de mes amis me présenta le fils de M. Modbury et de Clara Growell. Ce jeune homme , à la sollicitation de notre ami commun , voulut bien entrer avec moi dans les détails de la vie de ses ayeux. Il m'a laissé la liberté , d'après la demande que je lui en ai faite , de les rendre publics , sous la seule condition , cependant, que je cacherois le nom des deux familles ; je ne me suis permis que de simples remplissages. Toutes les atrocités du couple odieux envers le Lord , son épouse et ses enfans sont exactement vraies.

FIN DU SECOND ET DERNIER TOME.

CATALOGUE

Des Ouvrages nouveaux qui se trouvent chez le même Libraire.

Histoire d'un chien, vol in-12, orné de 3 grav. **Prix 2 f.**

La première nuit de mes noces, par l'auteur de l'*Histoire d'un chien* etc., 2 vol. in-12, avec fig. **Prix 2 f.**

Pièces de Théâtres.

Sophie, ou la malade qui se porte bien, vaud. en 3 act.

Georges-Times, ou le jokei maître, com. en un acte, avec vaudevilles.

Fera-t-on la noce ? comédie en un acte, mêlée de vaudevilles.

Léhéman ; ou la tour de Newstadt, opéra en 3 actes.

L'Irato, ou l'Emporté, opéra bouffon.

Allez-voir Dominique, vaud. en 1 acte.

Le Mari, l'Amant et le Voleur comme il y en a peu, vaudeville en 1 acte.

Une heure d'absence ; com. en 1 acte.

Pont-de-Veyle, vaud. en 1 acte.

Le petit Jacquot, vaud. en 1 acte.

Le joueur d'échecs, vaud. en 1 acte.

L'Abbé Pellegrin, vaud. en 1 acte.

Madame MASSON tient généralement tout ce qui concerne la Librairie, Romans nouveaux, Pièces de théâtre anciennes et modernes, et l'on peut s'abonner chez elle pour la lecture.

www.ingramcontent.com/pod-product-compliance
Lightning Source LLC
Chambersburg PA
CBHW051639050726
47502CB00011B/1553